모든 인생에는 의미가 있다

모든 인생에는 의미가 있다

살아 있는 인생을 통해 배우는 '의미치료'

박상미 지음

넥스톤

이 글을 읽을 당신께 드립니다

잘 지내고 계신지요? 당신의 안부가 궁금합니다.

누군가 내 안부를 물어오면, 금세 눈물이 부풀어 오르는 요즘입니다. 누군가에게 기억나는 존재라는 건, 서로에게 의미 있는 존재라는 뜻이지요. 얼마나 감사한 일인지요. 저는 여전히 사람들의 이야기에 귀 기울이고, 의미 있는 이야기는 글로 기록하고, 글로 다 담을 수 없는 이야기는 영화로 찍기도 하며 살고 있습니다.

듣고, 쓰고, 찍고, 말하는 삶을 살게 된 건, 이야기꾼이 많은 집안에서 자랐기 때문이에요. 사람 사는 이야기를 너무 좋아하면 사는 게 고단해진다고, 엄마는 늘 타박하시면서도, 늘 다르게 사는 사람들의 이야기를 들려주셨어요. 우리 집은 1년에 제사를 열두 번 지내는 종갓집이었는데요, 제사 지내기 며칠 전부터 너무 설렌 나머지 잠이 오지 않았어요. 전국에서 모여든 고모할머니들이 풀어놓을 이야기보따리는 상상만 해도 귀에 침이 흥건하게 고였으니까요.

안방에서 열 명이 넘는 여자 어른들이 함께 자면서 밤새 풀어헤친 이야기들은 날이 밝아도 끝나질 않았어요. 할머니들의 이야기는 조선 말기부터 한국 근현대사를 거쳐서 오늘에 이르기까지, 파란만장한 대하 역사소설 같았죠. 지금까지 살면서 제가 본 어떤 드라마나 소설도 생생한 목소리로 듣는 이야기만큼 재미있지는 않았으니까요.

외가에 가면, 함경북도에서 부산 영도까지 피난을 내려오며 외할아버지가 겪은 조선 팔도 사람들의 팔만 가지 이야기, 갓 낳은 아기를 안고 피난을 내려오던 열여덟 살 외할머니가 하얀 속치마에 쓴 매일 밤의 일기들… 넋을 놓고 어른들이 살아온 이야기를 들으며, 한 사람의 인생은 영혼의 역사책이자, '인생 의미 발견 어록'이라는 걸 알게 됐어요.

모두가 자기 삶에서 건져 올린 의미 있는 발견들을 기록하는 건 아니기에, 내가 기록해서 많은 사람들과 함께 읽고, 의미 있는 삶을 살기 위한 지혜를 배워야겠다고 생각했습니다.

대학생이 된 후엔 봉화 귀내마을 전우익 할아버지 사랑방, 아니 이야기의 블랙홀 속으로 끝없이 빠져드는 작은 우주에서 방학을 보냈어요. 이오덕, 권정생, 신경림 할아버지가 호롱불을 밝히고 밤새 나누는 이야기를 들으며 세상 보는 눈을 떴지요. 놓칠 수 없는 이야기들이 너무 많아서 그 무렵에 처음 녹음기를 샀어요. 존재의 역사를 모으면, 시대의 형상이 그려진다는 걸 알게 된 시절이었습니다.

시대의 고통을 관통한 사람들이 넘어온 삶의 고개를 따라 걸으며, 그 발자국을 기록하고 싶었어요. 그 속엔 존재에 대한 질문과, 어떻게 살아야 할 것인지에 대한 해답과, 고통을 관통하는 용기와, 그 후에 오는 지혜가 담겨 있었으니까요. 어떤 절망 속에도 반드시 희망은 있고, 어떤 인생에도 반드시 의미가 있다는 것을 알게 되었으니까요. 살아 있는 사람들의 다양한 목소리는 제 몸에 선명하게 녹음되었습니다.

저는 모든 인생에는 거룩한 의미가 있다고 믿습니다. 저에게 상담을 요청하는 많은 사람들은 '인생이 허무하고 공허하다, 내 인생은 의미가 없다'고 상심하고 있었습니다. 아직 발견하지 못했을 뿐, 모든 인생에는 의미가 있고, 나만이 완수할 수 있는 인생의 사명이 있습니다.

살아 있는 사람들의 생생한 목소리를 통해서, 인생을 의미 있게 사는 법을 배우고, 내 인생의 의미도 발견해봅시다. 고난 속에서 의미를 발견하고, 마침내 꿈을 이룬 사람들과 제가 나누는 대화의 현장에 당신을 초대합니다.

이 책을 쓰기 위해 제가 존경하는 어른들의 인생을 따라 걸었습니다. 연세 높은 예술가, 학자, 작가를 만나려면 읽고, 보고, 연구해야 할 작품이 너무나 많아서 코피를 여러 번 쏟아야 했지만, 행복했습니다. 자신이 꿈꾸는 분야에서 목표를 이룬 사람들을 만나보니, 공통점을 찾게 됐어요. '나를 믿어주는 한 사람'이 곁에서 응원해주면, 자신이 가진 능력의 최대한을 발휘하고 마침내 꿈을 이룬다는 것이었습니다. '나를 믿어주는 한 사람'이 곁에 있으면, 무엇이든 할 수 있는 용기가 생기고, 느려도 반드시, 반듯하게 목표를 향해 걸어갈 수 있는 것 같아요. 사랑을 받은 사람은 주변에 나누어주게 돼 있어요. 받은 사랑의 나비효과는 놀라웠습니다. 제가 만난 사람들의 '의미 있는 인생사'를 통해 받은 사랑의 나비효과를 당신과 함께 느끼고 싶습니다.

때로는 그런 사람이 곁에 없는데도 꿈꾸는 일을 해내고, 더 씩씩하게 인생을 개척해나가는 사람도 있었습니다. 내가 나를 믿고, 내가 나를 키우는 사람은, 타인을 살리는 삶을 살 수 있습니다. 아픔을 가진 사람들에게 믿음과 응원을 보내는 존재가 되겠다는 목표를 가지고, 든든한 '한 사람'이 되어주기 위해 노력하는 사람들이었습니다. 타인을 살리는 사람의 인생이야말로 의미 있습니다.

이 책을 통해 '나를 믿어주는 한 사람'에게 고마움을 전할 수 있으면 좋겠습니다. 이 책을 통해 나 또한 누군가에게 믿음과 응원을 보내는 '한 사람'이 되고 싶다는 마음을 갖게 되기를 바랍니다. 이 책을 덮을 때, 내 인생에 힘과 위안과 용기를 줄 '한 사람'이 당신의 손을 꼭 잡아줄 것입니다. 책 속의 이야기들이, 고난 속에서 나를 일으켜 세우는 튼튼한 무릎이 되기를 바랍니다.

나를 믿어주는 한 사람이 있나요?
나는 누군가에게 그런 사람인가요?
나는 나 자신을 믿어주고 키워주면서 살고 있나요?

모든 인생에는 의미가 있습니다.
살아 있는 인생을 통해서 인생의 의미를 발견하는 '의미 치료'
지금 시작합니다.

2022년, 당신을 위해 기도하는 박상미 드림

차례 |

주름이 늘수록
아름다운 배우,
세상을 살리는 어머니

김혜자, 박상미의 대화

김혜자_나이 들수록 새로운 배우

1941년생. 결혼해 두 아이를 낳은 다음에 본격적인 연기 활동을 시작했다. 2011년 미국 LA 영화비평가협회에서 주는 여우주연상을 수상했으며, 백상예술대상 TV부문 대상 최다 수상자로 기록되어 있다.《꽃으로도 때리지 말라》의 저자이며, 아프리카 아이들 103명의 밥값을 책임지는 어머니로, 늘 긴장하며 새로운 인물을 창조해내는 여배우로 살고 있다.

안녕하세요? 좋은 아침입니다. 김혜자예요. 저는 이제 촬영 끝나고 집에 가는 중입니다. 정신은 맑지만 몸이 무겁네요… 드라마 보시고 좋다고 하시니 감사합니다. 작가의 산뜻한 의도를 잘 표현해 보려고 이리저리 상상해보며 연기하고 있어요. 제가 이렇게 길게 말씀 드리는 이유는… 마음이 몹시 분주하고 여유가 없다는 얘길 하느라 고요. 말실수를 잘해서 인터뷰를 겁나하는데… 이해해주세요♡

잘 지내시지요? 제가요… 좀 아픈 중이에요. 그러니까… 앓고 있어요. 이렇게밖에 답을 못 드려 미안합니다. 저는 좀 못됐나 봐요. 그냥 어느 날 써주신 기사를 보고 날 이렇게 써주시다니, 아 행복해, 아 재밌어… 이러고 싶은가 봐요. 웃기지만… 이해는 할 수 있겠다, 해주시면 감사하겠어요. 건강히 잘 지내세요♡

배우 김혜자를 만나서 대화하기 위한 준비가 완료되었다고 느낀 날, 그때부터 10개월간 주고받은 수많은 문자 중 두 통이다. 무료 문자 서비스도 아니고, 유료 MMS 메시지를 이렇게 길게 보내는 사람은 처음이었다. 거절의 메시지를 이토록 정겹고 따뜻한 문장으로 보낼 수 있다는 데 놀라며 그 화법을 배우고 싶다는 생각이 들게 한 사람. 그의 문장에 '김혜자 체'라는 이름을 붙이고 싶었다.

"김혜자의 주름과 안면근육에 관한 연구"

10개월 동안 노트북 바탕화면에 떠 있던 폴더 이름이다. 수만 개의 표정을 짓는 배우 김혜자. 착한 엄마, 바보 같은 엄마, 가출하는 엄마, 이기적인 엄마, 유괴범 엄마, 살인자 엄마, 까칠한 엄마, 심보가 배배 꼬인 엄마, 광녀 같은 엄마… 그 다양한 엄마들이 내뱉는 대사에 찰떡같이 어울리는 표정을 짓는 사람이다. '짓다'라는 동사는 집과 농사 그리고 글에 어울리는 표현이지 표정에는 어울리지 않는다고 생각한 내게, 표정을 짓는 것이 마음을 가장 잘 표현하는 언어라는 것을 깨닫게 한 배우.

아마 그는 모를 것이다. 인간 김혜자는 모를, 광대의 피가 지어낸 수만 명의 표정이 김혜자 속에 산다. 새로운 작품을 만나면 잠자던 수만 명의 표정이 깨어나 어느 순간에 그의 얼굴에 등장해야 할지 촉각을 곤두세우고 김혜자의 호출을 기다린다.

김혜자의 작품을 거의 다 보았지만, 영화 〈마더〉는 연구 텍스트이자 매 학기 강의 자료로 쓰느라 100번도 더 본 것 같다. 영화 〈마더〉에서 아들이 죽인 소녀 아영이의 장례식장에 진한 화장을 하고 꽃무늬 원피스를 입고 찾아간 엄마는 광인의 눈알을 이리저리 굴리며 소리친다.

사실은 우리 아들이 안 그랬거든요. 여러분들, 세상 사람들은 다 몰라도 여
러분들은 절대 헷갈려서는 안 돼. 내 아들은 아니야!

경련을 일으키는 그의 안면근육을 볼 때마다 소름이 돋았다. 그의
무표정 연기 장면만 모아서 모니터를 한 적이 있다. 그 순간에도 인물
의 심정은 눈 밑 근육에 경련을 일으킨다. 미세한 감정의 요동에 따라
파르르, 눈동자의 움직임과 함께 움직인다. 마치 자신의 감정에 따라
안면근육을 연주하는 것 같다. 엄마의 부릅뜬 눈 속 유난히 까만 눈
동자가 획획 돌아갈 땐 프레스티시모(극히 빠르게)로, 마지막에 자신이
저지른 살인 현장에 떨어뜨리고 온 침통을 아들로부터 건네받고, 울
음을 꾸역꾸역 삼키며 관광버스로 향하는 엄마가 눈을 질끈 감을 때
는 그라베(무겁고 느리게)로.
　그에게 연기란 한 영혼에 접신한 무당처럼 빙의돼서, 육체를 빌려
준 김혜자는 망각하고 오로지 그 인물에만 매몰되는 굿판이 아닐까.
일흔이 넘은 여배우의 주름살 고랑마다 감정의 물결이 흐른다. 피부의
탄력이 상실되고 진피 속의 근육섬유가 퇴화되어 생긴 주름. 상실과
퇴화를 이토록 아름답게 승화해내는 주름이라면, 김혜자도 아닌 주제
에 나도 서둘러 그것을 갖고 싶었다. 김혜자의 주름이 늘수록 그에게

거는 기대치가 커지는 이유다.

그 사이 계절은 여러 번 바뀌었고, 인터뷰는 포기하고 지내던 어느 날, 느닷없는 문자를 받았다.

> 벌써 가을이에요. 잘 지내시지요? 저는 이제 아플 겨를이 없어요. 저는 매일 연극 연습 중이에요. 이제 얼마 안 남아서 불안하기도 하고… 그래요. 연습실 오셔서 보셔도 돼요. 그 말 하려고… 오늘도 평안하세요.

발신인 이름을 확인하지 않았더라도, 상대의 체온을 38도로 데우는 문장은 '김혜자 체'였다.

극단 로뎀의 〈길 떠나기 좋은 날〉의 주인공 소정 역을 맡아 매일 6시간씩 연습 중인 그를 찾아갔다. 흴 素, 고요할 靜. 그는 혜자가 아닌 그야말로 '소정'의 모습이었다. 간호사였던 소정은 다리를 다쳐 모든 것을 잃은 축구선수 '서진'과 결혼한다. 인생을 다 잃은 듯 좌절에 빠진 남자에게 격려와 사랑을 아낌없이 주는 그녀는, 정작 자신이 암에 걸리자 고통에 시달리는 모습을 가족에게 보여주고 싶지 않아 요양원으로 들어간다.

일흔을 넘긴 여자가 젊은 여자보다 더 아름다울 수 있구나! 웃으며 하늘하늘 걸어 나오는 그와 마주한 순간이 마치 영화의 한 장면 같아서, 잠시 멍하게 서 있었다.

거지같이 말해도 부자같이 써주세요.

민낯의 여배우가 건넨 첫 인사말이 너무 솔직해서 웃음이 터졌다. 영화 〈개를 훔치는 완벽한 방법〉에서는 주름 깊게 패인 얼굴이 마귀할멈 같았는데, 같은 인물이 맞나 싶을 정도로 평온한 얼굴이어서 놀라는 중이라고 나 또한 솔직하게 말해버렸다.

내가요… 내 얼굴이 변한 걸 느껴요. 예전에 나는 쭈뼛쭈뼛하는 사람이었는데 지금은 많이 씩씩해졌어요. 내 성향이 자기연민에 잘 빠져서 서글픔, 공허함 같은 걸 많이 느끼죠. 그런데 이제는 '또 이런다, 또 오는구나… 그만 가렴…' 그러면서 금세 극복해. 나는 참 씩씩해졌어요.

마음에 근육이 생긴 걸까요.

맞아. 그런 것 같아. 하나님이 내 마음에 계신다는 걸 확실히 느끼면서 내가 달라졌어요. 오늘도 인터뷰 앞두고 불안이 밀려오려고 해서 바로 기도했어요.

지금 그 기도 해주세요.

오늘 제 이야기 들으러 온 사람도, 글로 나가면 읽게 될 사람들도, 귀한 시간 낭비하지 않도록, 제가 한마디도 쓸모없는 말 하지 않게 도와주세요.

인터뷰를 겁낸다던 문자 메시지가 떠올랐다. 행여나 말실수를 해서 여배우 이미지에 흠이 될까 걱정하시는구나, 짐작했던 내가 부끄러웠다. 글로 나가면 읽게 될 독자들이 시간낭비하게 될까 봐 조심, 또 조심하는 사람이 내 앞에 앉아 있었다.

2014년에 모노드라마 〈오스카! 신에게 보내는 편지〉를 보고 나서 배우 김혜자의 능력은 어디까지일까, 상상하지 않기로 했다. 일흔셋 여배우가 두 시간 동안 혼자 열 살 꼬마아이부터 70대 할머니까지, 열한 개의 역할을 소화해내는 모습이 너무나 자연스러워서 놀랐다. 몇 년은 쉬어야 에너지를 충전할 수 있을 것 같았지만, 같은 해에 개봉한 영화 〈개를 훔치는 완벽한 방법〉에도 김혜자는 등장했다. 그리고 연이어 〈길 떠나기 좋은 날〉을 시작했다.

나는 내가 감당할 수 있고, 세상에 선한 영향력을 끼칠 수 있는 작품만 선택하는데, 나를 아끼는 연출자가 아름다운 이야기를 써주서서 하게 됐어요. 특히 이번 극은 하상길 연출가의 창작극이자 최초로 무대에 올리는 극이어서 인물에 대해 연구할 게 많아요. 이 작품은 꿈처럼 아름다워요. 그래서 너무 꿈처럼 보이지 않도록 연구해야 할 부분이 많아요.

작품 연습이 시작되면 그의 일상은 초긴장 상태에 들어선다. 아침에 죽을 조금 먹고, 온종일 이어지는 연습을 끝내고 집에 돌아가서야 첫 밥을 먹는다. 밤 10시쯤에 연습이 끝나면 한밤중에 혼자 식사를 하고, 대본을 읽고 또 읽다가 잠이 든다고 했다. 어젯밤에 무슨 꿈을 꾸었는지 묻지 않아도 알 것 같았다.

전 밥 많이 먹고 왔으니까, 선생님은 음료수라도 좀 드세요. 50년 넘게 연기를 했는데도 이렇게까지 긴장하며 준비하셔야 해요?

내가 제일 두려운 게 익숙해지는 거, 습관처럼 연기하는 거예요. 배우가 한 자리에 머물러 있으면 연기도 금세 생기를 잃어요. 연기자는 첫 느낌을 잊으면 안 되거든. 연기를 습관처럼 하면 그건 선수지 배우가 아니야. 이건 내 직업이 아니라 삶이니까, 매일 깨어 있어야 하고, 연습만이 살 길이에요. 내가 새 연극을 시작하는 건 새로운 연기를 배우고 싶어서 하는 거예요. 어제 몰랐던 걸 오늘 새롭게 알게 되는 게 연극의 매력이거든. 익숙해져서 더 이상 연구를 안 하게 되면 연기를 그만해야죠. 그러니 하루하루가 전쟁이에요.

지금 대본에도 대사만큼이나 선생님이 손으로 쓴 글씨가 많네
요. 세상에… 배역에 대해 연구한 걸 쓰신 거네요.

　　　내가 쪽대본 나오는 작품은 안 해요. 연기자들이 배역에 대
해 풍부한 상상을 할 수 없게 만드는 거잖아요. 대본을 일찍 받아야
연구를 하죠. 읽고 또 읽으면 어제 안 보이던 게 오늘 보이거든요. 작
가가 글을 잘 쓰는 것도 중요하지만, 연기자는 그걸 해석해서 연기를
잘해야 하니까, 거듭 읽고 공부해야 그 인물이 될 수 있죠. 새로운 인
물을 연구하다 보면, 제가 안 짓던 표정을 짓게 되죠. 안 쓰던 근육도
쓰게 되고요.

평생 겹치기 출연을 단 한 번도 하지 않은 이유를, 의외로 출연한
작품 수가 많지 않은 이유를 알 것 같았다. 연기할 때에는 인간 김혜
자도 버리고 맡은 배역의 영혼에 몸을 내어주는데, 어떻게 두 영혼을
한 몸에 담겠는가.

24

"잠시 빌린 삶이 끝난다 해도 이제 두렵지 않아요" ✽

연출자가 대본을 쓸 때 소정의 대사는 배우 김혜자의 목소리를
떠올리며 썼다더군요.

　　　　대사가 꿈처럼 곱게 써져 있어요. '먼 산 잔설 남아 있어도 남
향언덕 밑 햇살 따뜻해. 고양이 졸고 있는 오늘은 참 길 떠나기 좋은
날이로구나.' 이 아름다운 시를 일상의 언어로 말하는 게 소정이에요.
참 어렵지만, 연구를 많이 해야죠. 가난한 나라에서 온 총각과 결혼하
려는 딸을 세상이 비웃지만 엄마는 격려하거든요? 어떻게 세상 말에
개의치 않을 수 있겠어요? 하지만 사랑만 있으면 모든 걸 극복할 수
있죠. 우리가 잊고 살지만요. 사실 사랑만 가지고도 다 할 수 있는데,
우리 마음이 너무 강퍅해진 게 아닐까? 우리 본성은 이게 아니야…
보는 사람에게 이런 마음을 불러일으키도록 연기해야 돼요.

연기하면서 먼저 가신 남편 분 생각이 많이 나시겠어요. 지인들
이 선생님 남편을 표현하길 '아내를 딸처럼 귀하게 사랑하다 가신
분'이라 하더군요.

　　　　대사에서 여보, 여보 하다 보면… 내 남편이 그리워요. 이제
껏 해온 작품 중에서 남편 생각이 제일 많이 나요. 굉장히 사랑하는
부부 이야기거든. 서로 끝없이 격려해주고… 나도 이런 아내였나… 생

각에 빠지죠. 어머, 내가 나이 드니까 이렇게 말이 많아졌어!(웃음) 나
는 우리 남편이 화낼 줄 모르는 사람인 줄 알고 살았어요. 그래서 너
무 함부로 했던 게 미안해요. 딱 한 번, 화를 낼 뻔했던 적은 있어요.
식사하는데 내가 얼마나 약을 올렸는지 밥상 모서리를 들려고 하더
라고요.(웃음) 내가 너무 놀라서 '진짜 잘못했어요, 안 그럴게요!' 하
며 빌었던 기억나요. 얼마나 울화통이 터졌으면… 우리 아들이 그래
요. '엄마, 아빠 같은 사람은 세상에 없어, 그러니 나를 아빠 기준에 맞
추지 말아요.' 아들 말이 맞아요. 그런 남편은 세상에 또 없을 거예요.
그 고마움을 내가 몰랐네요….

부부란 어떤 관계일까요.

남편은 이 세상에서 부모보다도 나를 사랑한 사람이었구
나… 나를 가장 잘 아는 사람, 내 못난 부분, 괜찮은 부분까지 모든
걸 다 아는 사람이었구나… 떠나고 나니 얼마나 좋은 사람이었는지
알겠어요. 같이 살 땐 그 사람의 소중함을 모르는 게 부부예요. 남편
이 나를 끝없이 지지해줬기에 배우 노릇을 할 수 있었어요. 단 한 번
도 내게 트집잡지 않았어요. 그러니 결혼하고 아이 낳고서 처녀 때 포
기한 연기를 다시 시작할 수 있었죠. 남편은 나를 가장 잘 파악한 사
람이에요. 당신은 좋아하는 걸 해야 하는 사람, 하고 싶은 걸 못하고
살면 무너질 사람이라고 그랬어요. 좋아하는 걸 하고 살라고 평생 나

를 도와줬어요. 그게 사랑이야….

그런 배우자를 만나는 건 축복받은 인생인 것 같아요. 내 재능을 발견하고, 무조건 지지해주는 한 사람이 남편이었네요. 지금도 곁에 계시면 좋을 텐데, 1998년에 암 투병하다 돌아가셨지요. 나를 가장 사랑하고 존중했던 사람을 떠나보내는 아픔은 차마 여쭙지 못하겠어요.

그 사람 병실에서 의사 붙들고 무조건 아프지 않게 도와달라고 애원했던 건 기억나요. '이 사람 죽죠?' 물으니, 그렇대…. '그러면… 이 사람 안 아프게 도와주세요. 모르핀, 그 마약 계속 놔주시면 안 돼요?' 간절히 부탁했지.

하관할 때, 상여꾼들이 쉬는 참마다 한 명 한 명에게 다가가서 울면서 돈을 쥐어주며 부탁하셨다고 들었어요. 그 모습이 너무 간절해서 모두 울음을 참을 수 없었다고….

아휴… 그것도 잊고 살았네… 여주에선 망자를 관에서 꺼내 몸을 꽁꽁 묶은 후에 묻더라고요. 그리고 그 사람 위에 흙을 뿌리고 상여꾼들이 꾹꾹 밟아가며 묻는 거야. '아이고… 밟지 마요! 아파요! 밟지 마요…' 그런데 밟아야만 한대. 그래야 홍수가 나도 쓸려가지 않는대. '그러면 밟는 기분으로 하지 마요… 안 아프게 정성껏 묻어주세요.' 그랬지… 장례 끝나고 집에 와서, 라디오 방송 가려고 옷장을 열었는데 남편 냄새가 나니까 마음이 무너지더라….

〈오스카! 신에게 보내는 편지〉에서는 '왜 신은 아픈 사람을 만드는 거야?', '삶이 왜 고통스러워야 해?' 우리가 신에게 묻고 싶은 질문들이 많이 나오죠. 오스카가 죽기 며칠 전에 '삶은 선물 받은 것이 아니라, 잠시 빌린 것'이라고 말하는 대목이 기억에 남아요.

　　　　이별이란 슬픈 거죠. 남편이 췌장암 선고를 받았을 때 병실에 둘이 있게 됐는데, 남편이 이런 말을 했어요. '그렇지, 나도 암에 걸릴 수 있지… 그런데 내가 죽으면 당신이 힘들어서 어떡하나' 걱정하더라고요. 그리고 한 달 반 만에 갔어. 꿈같이, 마치 현실이 아닌 것같이… 난 우리 남편을 만나지 않았다면 아무것도 못했을 거예요. 우리 남편 같은 사람을 만나서 결혼한다면 아무도 이혼하지 않을 것 같아요. 그런 존재가 사라졌지만, 지금도 남편이 내 곁에 있는 것 같아. 남편이 우리 아들 꿈에 와서 '나는 지금 천국에 있다'고 말했대. 남편 덕분에 연기를 할 수 있었고, 지금 내가 할 수 있는 일들이 많은 게 참 감사하고… 잠시 빌린 삶이 끝난다 해도 이제 두렵지 않아요.

할머니가 오스카에게 이런 말을 한다. "산다는 건 고통의 연속이지. 하지만 육체적 고통과 정신적 고통, 이 두 가지 고통을 구별할 줄 알아야 한단다. 육체적 고통은 누구나 겪는 것이지만 정신적 고통은 어떻게 생각하느냐에 따라 겪을 수도 겪지 않을 수도 있단다." 내 마음에 근육이 생기게 해준 문장이었다. 지금은 기억조차 나지 않지만 그때는 마음을 많이 앓느라 사람을 만나지도 않고 지냈는데, 그날부터 내 고통의 무게가 조금은 가벼워졌던 것 같다.

나도 그 고통을 구별할 줄 몰랐어요. 나는 겉으로는 화려해 보일 수 있는 배우이지만, 누구나 그렇듯이 많은 고통을 겪으며 살았어요. 삶의 굽이굽이마다 고비를 겪었어요. 어떤 고통을 겪었냐고요? 그건 말할 수 없어요. 누구나 너무 아픈 고통은 말할 수조차 없죠. 그 당시엔 옆에서 누가 '신은 극복할 수 있는 고통만 준단다' 하고 말해도 위안이 되기는커녕 더 고통스럽기만 하죠. 지금 정말 마음 아픈 고통을 겪는 사람이 있다면, 제 말을 꼭 기억해주세요. 인간의 사랑은 늘 불안한 거죠. 변치 않는 사랑은 신의 사랑밖에 없어요. 거기에 의지하면 지금의 고통을 조금 이겨낼 수 있어요. 생각만 바꾸어도 삶이 달라지죠. 나는 이제 고통이 와도 '하나님, 아휴, 난 몰라요. 하나님이 도와줘야지!' 이래요. 나는 기도도 잘 못하거든… 그래서 이렇게 그냥 대화를 해요. 성경을 읽다가도 이해가 안 되면, '아이고 하나님, 무슨 소리인지 몰라요. 죄송해요.'(웃음) 하나님이 나와 항상 함께 있다는 걸 이제 아니까, 정신적 고통이 와도 겪어야 할 고통과 겪지 않아야 할 고통을 구별할 수 있게 되었어요.

선생님, 정말 귀여우세요. 제가 신이라면 그 기도는 꼭 들어주고 싶을 것 같아요.

'나를 책임져줘요. 나는 못하잖아요' 떼를 쓰지만, 그 대신 내가 할 수 있는 건 정말 최선을 다해요. 평상시에도 이렇게 중얼중얼 대화를 하며 지내요. 날 계속 유명한 배우로 쓰셔야 내가 아프리카 아이들 밥값을 보낼 수 있으니까 도와주셔야지 어쩌겠어요?

"죽지 말고 살아 있어, 내가 꼭 올게"   ✾

배우 김혜자. 그를 만난 후, 내겐 닮고 싶은 인생 모델이 그려졌다. 김혜자는 아니지만 김혜자처럼 살고 싶다는 생각을 하며 살게 되었다. 그의 향기에 취한 나는 자주 그와 대화하길 원했고, 그는 마음을 다해 받아주었다. 알수록 순수하고, 그래서 뜨거운 사람. 수만 개의 얼굴을 가진 배우 김혜자를 더욱 귀하게 만드는 것은 인간 김혜자의 뜨거운 심장이다.

내가 만일 비라면 물이 없는 곳으로 갈 겁니다. 만일 내가 옷이라면 세상의 헐벗은 아이들에게 먼저 갈 겁니다. 만일 내가 음식이라면 모든 배고픈 이들에게 맨 먼저 갈 겁니다.

우리가 원하는 것은 무엇이든 행동으로써 얻어야 한다.

2004년, 그가 쓴 책《꽃으로도 때리지 말라》를 읽고 가슴으로 밑줄 그은 문장이다. 그는 1992년부터 굶주리는 아프리카 어린이들을 거두는 따뜻한 엄마로 살고 있다. 책은 30만 부 넘게 독자의 손으로 갔고, 중학교 국어교과서에도 실렸다. 인세는 월드비전 통장으로 고스란히 입금되고, 매달 아프리카 어린이 103명에게 밥값을 3만 원씩 보내고 있다.

내가 안 보내면 그 아이들 굶어요. 나는 돈이 생기면 아이들에게 보내는 일이 1순위예요. 2019년 것까지 미리 다 낸 상태예요. 돈이 떨어질까 봐 조마조마해서 미리 보내야 안심이 돼요. 내 삶은 다 통해 있어요. 내가 어떻게 유명한 배우가 되었는지, 하나님이 이 자리에 세워준 이유를 나는 알아요. 제가 작품을 신중하게 고르고 겹치기 안 하는 이유가 뭔지 아세요? 내가 배우로 인정받고 유명해져야 사람들의 관심을 받을 수 있잖아요. 일반인 할머니 김혜자가 나서서 '굶어 죽는 아프리카 아이들 우리가 밥 좀 같이 먹이면 안 될까요?' 그러면

TV에서 방송도 안 해줄 거고, 신문에 기사도 안 날 거잖아요. 내가 유명한 사람인 덕분에, 내가 아프리카 갈 때 언론에서 관심을 가져주고, 그걸 보고 같이 돕겠다는 사람들도 많이 생기고요. 23년 전부터 가난한 나라를 찾아다니며 깨달았어요. 아, 나를 이렇게 쓰시려고 유명하게 만든 거구나… 계속 인정받는 배우가 되어야 해요. 그러려면 작품을 신중하게 고르고, 긴장하며 연구해야죠. 내게 가장 큰 걱정이, 언젠가 내가 연기를 못하게 돼서 아이들에게 밥값을 못 보내면 어떡하나… 그거예요.

가족이 총에 맞는 순간을 본 아이들이 밤에도 잠들지 못하고 그의 품에 안겨서 우는 영상을 보았다. 카산드라와 주펠슨 남매는 동양인 할머니 품에 안겨서 소리 없이 눈물만 흘렸다. 반군들이 돌아다니면서 머리가 반쯤 잘린 채 신음하는 남자를 재차 죽이는 장면을 떠올리며 우는 아이를 안고, "괜찮아, 다 괜찮아질 거야" 하며 같이 우는 그를 보며 나도 울었다. 아이들은 잠시나마 엄마 냄새를 맡으며 눈을 감고 있었다.

그곳의 아이들이 지금도 나를 부르고 있어요. 부모가 진 빚 50달러를 갚기 위해 잎담배를 말며 구부리고 앉아서 일하는 아이들, 배고픔을 견디려고 배 위에 돌을 올려놓고 자는 아이들….

《꽃으로도 때리지 말라》에서 만난 '에꾸아무'도 잊히지 않아요.
사흘간 굶으며 아픈 동생을 돌보던 여덟 살 케냐 소년. '죽지 말고 살
아 있어. 내가 꼭 올게' 하고 약속했던 그 아이를 7년 뒤에 다시 만나
셨다고요.

겨우겨우 찾았을 때, 에꾸아무가 엉엉 울며 말했어요. 내 약
속을 믿고 기다렸다고. 내가 다시 안 갔으면 '다 거짓말쟁이'라고 생각
했을 거예요. 에꾸아무 덕분에 그 동생들을 입양하면서 103명의 아
이들도 만나게 됐어요.

책 30만 부 인세 전액, 매달 아이들 밥값 309만 원, 파키스탄에
지진이 났을 때에도 1억 원. 돈이 아무리 많아도 선뜻 내놓기 힘든
금액이에요. 그런데, 원래 천성이 아낌없이 나누는 사람이라고 지인
들이 입을 모으더라고요. 가끔은 너무 많은 사랑을 베풀며 사는 게
힘들지 않으세요.

내 마음이 행복해서 하는 일이니까, 나를 위한 거예요. 누구
를 대가 없이 사랑할 수 있다는 건 그들을 돕는 것이기도 하지만 내
삶이 행복해지는 최고의 방식이에요. 조건 없이 사랑을 주는 건 내가
나를 사랑하는 방법이라고 생각해요.

'국민 엄마'라는 말을 싫어하시지만, 정말 따뜻한 '엄마' 같아요.

누구를 대가 없이 사랑할 수 있다는 건 그들을 돕는 것이기도 하지만
내 삶이 행복해지는 최고의 방식이에요.
조건 없이 사랑을 주는 건 내가 나를 사랑하는 방법이라고 생각해요.

한 번만 안아달라고 말하고 싶어요.

신이 모든 사람에게 다 갈 수 없어서 대신 엄마를 만들어서 보냈다는 말이 있어요. 아프리카의 엄마들은 굶어 죽어가는 아이들을 안고서 울기만 해요. 가진 게 없어서 아무것도 해줄 수가 없으니까… 엄마 마음은 다 똑같은데, 그 심정을 생각하면 가슴이 찢어지듯 아프죠. 조금 넉넉한 엄마가, 도울 힘이 있는 엄마가 아이들을 돕는 건 당연한 거예요.

너무 많이 기부하시는 걸 자제분들이 싫어하진 않나요.

그럴 리가요. 단지 내가 더 이상 아이들에게 밥값을 보낼 수 없는 날이 오면 우리 아이들이 대신 보낼 수 있기를 바라며 우리 아들, 딸을 위해 기도합니다. 그래서 아들 사업이 잘되면 감사하고요. 딸 고은이는 미국에 사는데, 딸이 오히려 제 영적인 엄마 같아요. 저를 위해 얼마나 많이 기도하는지, 그 아이 기도 덕분에 늘 손에 들고 살던 담배도 끊을 수 있었고요.

엄마 김혜자는 어떤 사람인가요.

남편이 나 좋아하는 걸 하고 살라고 평생 도와줬으니까, 그 보답으로 나도 반드시 지킨 게 있어요. 연습, 공연, 녹화하는 시간 빼고는 오로지 집에서, 집안일은 잘 못했지만 집에서 안 나갔어요. 나는

세상도 잘 몰라요. 아이들이 '엄마!' 부르면 바로 대답할 수 있는 자리
에 항상 있었어요.

다양한 엄마 연기를 많이 하셨어요. 같은 이미지의 엄마를 연기
한 적은 한 번도 없어요.
　　　맞아요. 같은 연기는 절대로 안 해요. 새롭지 않은 건 우선 내
　　　가 흥미가 없어요. 나의 새로운 면을 깨워줄 수 있는 역할을 만나면
　　　그 작품을 해요.

드라마 〈착하지 않은 여자들〉에서는 남편도 떠나고 없는 집에, 남
편이 사랑했던 여자를 데려와서 함께 지내잖아요. 암에 걸린 그 여
자를… 연기지만 힘들었을 거 같아요.
　　　아휴, 힘들지. 남편의 여자인데. 수시로 가슴이 찌르듯 아프겠
　　　지. 그런데 같은 여자로서 또 연민이 생기겠지. 남편이 사랑했던 여자
　　　니까 증오와 연민이 함께 있겠지. 그 심정이 지옥이지… 증오만 지옥
　　　이 아니야. 작가가 그 심정을 너무 잘 썼어요. 그런데 나는 항상 작가
　　　가 쓴 것 이상을 표현해보려고 애를 많이 써요.

독일에서 한류 연구를 할 때, 영화 전공 교수와 한국영화 세미나
를 하면서 영화 〈마더〉의 김혜자 표정 연기를 분석한 적이 있다. 화면

비율 2.35 대 1, 빅 클로즈업으로 보는 김혜자의 얼굴은 만 가지의 감정을 표현해내는 '놀라운 스크린 그 자체'라고 극찬받았다. 미세한 감정의 요동에 따라 파르르, 인물의 심정이 눈 밑 근육에 경련을 일으킬 때… 얼굴 근육의 미세한 떨림은 의도적으로 연출할 수 없는 일. 도준 엄마의 영혼에 김혜자의 몸을 온전히 빌려줬을 때에만 가능한 연기라고 우리는 입을 모았다.

> 어머, 그렇게 자세히 봐주는 사람들이 있다니 행복해요. 나는 연습 시작부터 배우가 무대에서 입을 옷을 늘 입고 다녀요. 온전히 김혜자를 버리고 그 사람이 되어야 해요. 이 사람이 지금 어떤 심정일까, 이 말을 할 때는 어떤 처참한 마음일까… 내가 온전히 그 인물이 되면 표정이며 목소리며 연기하지 않아도 그냥 나와요.

대사와 대사 사이의 행간에 표정이 들어가고, 그 표정이 대사보다 많은 말을 한다. 김혜자 표정 연기의 압권은 이 장면이다. 〈마더〉에서 아들이 죽인 여고생 아영이의 장례식장에 도준 엄마는 보랏빛 화려한 원피스를 입고 빨간 립스틱을 바르고 나타나서 소리친다. 자신 있게. 눈알을 부라리며 앙칼진 목소리로. "사실은 우리 아들이 안 그랬거든요. 여러분들, 세상 사람들은 다 몰라도 여러분들은 절대 헷갈려서는 안 돼. 내 아들은 아니야!"

나도 내 모습이 너무 무서웠어요. 눈이 막 돌아가면서, 눈이
뒤집혀서 그 대사를 하더라고요. '어머, 이게 나야? 너무너무 무서워.
이거 좀 없애줘.' 봉준호 감독에게 부탁했죠. '선생님도 모르게 이 표
정이 나왔죠?' 감독이 그래. 난 너무 싫었어요. 그런데 감독이 너무
좋대.

늘 따뜻하고 도덕적이어야 하는 모성이 광기가 될 수도 있음을, 내
새끼를 지키려는 어미라는 짐승의 처절한 울음을 보여준 엄마였다. 그
심정을 눈빛과 안면근육의 미세한 떨림으로 표현해 대사의 행간을 채
워 넣었다. 한 인간의 감정에 철저하게 매몰된, 그 영혼에 접신한 무당
처럼 빙의된 연기. 소름끼치는 표정은 거기서 비롯된다.

주름살 고랑마다 감정의 물결이 흘러요. 여배우 얼굴에 주름이
늘수록 기대되는 이유예요.

정말 고마워요. 고맙습니다. 대사의 행간을 읽을 수 있는 좋
은 작품을 만나면 그런 연기가 나오는 것 같아요.

봉준호 감독은 '김혜자는 현장에서 마치 신인배우처럼 항상 불안
해한다. 감독이 오케이 사인을 내도 정말 오케이냐고 반문한다'고 말
했어요.

38

여배우의 얼굴을 그의 얼굴에 오버랩해보았지만, 이내 고개를 저었다. 조희자의 영혼이 들어간 김혜자의 육신만이 할 수 있는 연기가 따로 있다.

이제는 더 없을 것 같았던 김혜자의 또 다른 표정들이, 치매 연기를 통해서 쏟아져 나온 드라마였어요.

내 속에 있는 인물을 표현한 거겠지요. 같은 인간이니까. 다 내 속에 있어요. 내가 맡은 인물에 내가 아는 그 감정을 꺼내서 확대하면 돼요. 하지만 치매의 상태는 내가 모르잖아요? 그런데요, 이런 말이 있어요. 치매에 걸려도 평생을 어떻게 살아왔는지에 따라 하는 짓이 다르다고… 대개 치매에 걸리면 너나없이 똥 싸고, 오줌 싸고, 밥 먹고서는 안 먹었다고 욕하고… 획일화된 모습으로 악다구니를 쓰죠. 노희경 작가는 달랐어요. 치매를 슬프고 처연하게 표현해줘서 동화될 수 있었어요. 그는 이 장면을 쓰면서 일곱 번이나 혼절했어요. 그 정도로 몰입해서 인물을 만들어낸 거예요. 배우로서 노희경 작가를 황혼에 만난 게 축복이었어요.

마흔두 살에 첫 영화 〈만추〉를 찍고 마닐라 영화제에서 여우주연상을 받으셨어요. 마흔 넘어서 배우로 주목받은 건데요, 여배우로선 상당히 늦게 꿈을 이루셨어요. 앞으로 이루고 싶은 꿈이 더 있으신가요.

　　꿈을 가지고 최선을 다해서 노력하면, 누구든 인정받는 날이
온다고 믿어요. 그게 마흔이든, 오십이든… 단, 스스로 나는 최선을
다했다고 말할 수 있는 노력을 해야겠지요. 난 앞으로 무슨 일을 할
수 있을까? 이게 끝일까? 내가 생각지도 않았던 무엇을 또 하게 하실
까? 생각하며 주님을 바라봅니다. 앞으로의 일은 난 몰라요. 다만 내
가 하는 작품이 세상에 작은 희망의 메시지를 줄 수 있으면 좋겠고,
나는 또 아이들을 만나러 아프리카에 가겠죠.

　　굶주리는 아프리카 아이들 103명을 먹이고 공부시키는 엄마 김혜
자는, '누구를 대가 없이 사랑할 수 있다는 건 그들을 돕는 것이기도
하지만 내 삶이 행복해지는 최고의 방식'이라고 말했다. 조건 없이 사
랑을 주는 건 내가 나를 사랑하는 방법이라고… 그를 만난 후 알로이
시오 신부의 저서 《가장 가난한 아이들의 신부님》을 다시 꺼내 들었
다. 타인을 마음으로 사랑하는 사람들은 많지만, 행동으로 실천하기란
얼마나 힘든 일인가.

　　기도를 하다가도 아이들이 찾으면 기도를 멈추고 아이에게 가세요. 그 아이
안에 살아 있는 예수님을 보세요.

46

꿈을 가지고 최선을 다해서 노력하면,
누구든 인정받는 날이 온다고 믿어요.
그게 마흔이든, 오십이든…
단, 스스로 나는 최선을 다했다고 말할 수 있는 노력을 해야겠지요.
난 앞으로 무슨 일을 할 수 있을까?
이게 끝일까?
내가 생각지도 않았던 무엇을 또 하게 하실까?

'소 신부님'으로도 잘 알려진 소 알로이시오(Aloysius Schwartz, 1930~92). 그가 함께 일하는 수녀님들께 항상 했던 말이다. 1957년 6월, 사제 서품을 받은 스물일곱 살 청년은 그해 12월 당시 세계에서 가장 가난한 나라, 그중에서도 가난한 사람들이 많았던 부산 송도로 자원해서 왔다. 알로이시오 신부가 전하는 복음은 단 한 가지였다.

가장 보잘것없는 사람 한 명에게 해준 것이 곧 그리스도에게 해준 것입니다.

아버지 장례를 치르기 위해 피를 파는 어린 여자아이, 넝마주이가 된 고아들을 보며 알로이시오 신부는 고향인 미국 워싱턴에 '한국자선회'라는 모금단체를 만들고 후원자를 모았다. 매일 미국의 후원자들에게 편지를 쓰고, 동네 주부들이 부업으로 만든 자수 손수건을 봉투에 넣어 보냈다. 후원금은 1달러가 대부분이었고, 더러 5달러 이상 거금이 올 때도 있었다. 피난민 판자촌이 즐비하던 송도 성당 주임을 자원한 그는 '마리아 수녀회'를 창립하고 거리에 버려진 아이들을 거두기 시작했다. 그들을 위해 '소년의 집'을 세울 때, 공사 현장의 인부들이 "왜 비싼 자재만 쓰냐"고 물으면 그는 "가장 가난한 사람들이기 때문에 최상의 대우를 받을 자격이 있다"고 답했다. 이렇게 아이들을 위한 기숙사와 학교가 세워졌다. 그는 아이들과 함께 달리기를 하고 축구 시합을 했다. 가난한 아이들의 아버지가 되어주고, 기를 살려

주기 위해서였다.

　내 희망은 보통 가정의 아버지와 같습니다. 보통 아버지의 희망은 자식이 건

강하고 교육 잘 받고 취직해서 잘 사는 것 아니겠어요?

　악착같이 돈을 모아서 구호병원과 도티 기념병원을 세웠지만, 정작
자신은 지독한 가난을 견뎠다. 사제복 한 벌로 평생 살았고, 구두는 수
시로 꿰매서 고무바닥이 비닐처럼 닳을 때까지 신었다. 부산과 서울,
필리핀, 멕시코에도 '소년의 집'과 무료병원을 세웠고, 잘 먹이고, 정성
껏 가르치고, 사랑으로 키우는 일을 평생 지속했다.
　알로이시오 신부가 평생을 보낸 부산 송도 성당은, 후에 아프리카
수단에 병원과 학교를 설립하며 원주민을 위해 헌신한 이태석 신부가
다녔던 성당이다. 이태석 신부는 이곳에서 오르간을 처음 보았고, 연
주하는 법도 배웠다. 이 신부의 어머니는 알로이시오 신부의 '자수 사
업' 부업으로 생활비를 보탰다. 송도의 가난한 이들보다 더 가난한 삶
을 택하고 그들과 살을 부비며 가족처럼 살았던 알로이시오 신부의
손길을 체험하며 자란 이태석은 그의 길을 따라 걷는 사제가 된다. 받
은 사랑은 소년의 가슴에 꿈의 씨앗을 뿌렸고, 청년이 된 소년은 세계
에서 가장 가난한 땅 아프리카 수단에서 받은 사랑을 실천했다.
　이태석 신부는 자신의 저서 《친구가 되어 주실래요?》에서 알로이시

오 신부를 이렇게 추억한다.

나에게 영향을 끼친 내 주위 사람들의 아름다운 삶의 향기들... 어릴 적 집 근처에 있었던 '소년의 집'에서 가난한 고아들을 보살피고 몸과 마음을 씻겨 주던 소 신부님과 그곳 수녀님들의 헌신적인 삶의 모습도, 내 마음을 움직이게 한 아름다운 향기였다.

알로이시오 신부가 한국에 뿌린 사랑의 씨앗은 이미 많은 꽃을 피우고 열매를 맺었다. 소년의 집에서 신부님과 함께 공을 차던 소년 김병지는 국가대표 축구팀의 골키퍼가 되어 2002년 월드컵에서 4강 진출 신화를 이루었고, '소년의 집 오케스트라' 단원들은 카네기홀 무대에서 공연하고 기립박수를 받았다. '소년의 집' 졸업생이 2만 명이 넘었으니, 그들이 받은 사랑의 결실을 사회에 어떤 형태로 환원할지는 오래도록 지켜보아야 할 것이다. 그가 베푼 '사랑의 나비효과'가 지구를 돌고 돌아, 어떤 모습으로 다시 태어날지 상상하는 것만으로도 가슴이 뛴다.

신부님의 책을 덮으며 다시 김혜자를 생각했다. 김혜자는 한지 같은 사람이다. 연기할 때는 무엇이든 그려 넣을 수 있는 무한한 여백의 알몸을 펼쳐 먹물을 깊이 흡수하는 화선지가 되고, 추운 이에겐 여리지만 온몸으로 바람을 막아내는 창호지가 되고, 더운 이에겐 부채가 되고, 다채로운 재료들과 몸을 섞으면 놀라운 공예작품으로 태어나는 한지 같다. 무엇보다 그의 심성이야말로 천 년이 지나도 변색되지 않는 한지와 닮았다. 꾸미지 않아도 기품이 풍기는 한지 말이다. 한국의 김혜자 엄마가 키우는 103명의 아프리카 아이들. 그들의 삶을 통해 드러날 사랑의 나비효과는, 어느 땅에서 어떤 향기를 지닌 꽃으로 피어날까.

'최고의 가수'보다
어울리는 이름
'마음 아픈 아이들의
큰엄마'

인순이, 박상미의 대화

인순이_최고의 가수라는 이름보다 큰엄마라는 이름이 더 어울리는 사람

1957년생. 발라드, 락, 댄스, 팝, 재즈, 국악, 트로트… 모든 장르를 소화하는
유일한 한국 가수. 전액 무상 기숙형 대안학교인 '해밀학교' 이사장이며,
학생들에게는 '큰엄마'로 불린다. 2016년 대한민국 세종대왕 나눔봉사
대상을 수상했다.

문을 열어주세요. 어두운 동굴 문을 이제 그만 열어주세요. 에레나는 내 우울한 유년, 어두웠고 어려웠던 시절의 자화상이기도 하고, 온갖 속박으로부터 자유로움으로 인도하는 황금의 열쇠이기도 합니다.

가수 인순이의 솔로 음반 '에레나라 불리운 여인' 앨범 재킷 뒷면에 인순이가 쓴 글이다. 그 음반에서 내가 가장 사랑하는 곡 '비닐장판 위의 딱정벌레'는 에레나의 외로움을 절절하게 담아낸 명곡이다.

이봐요, 에레나. 무얼 하나. 종일토록 멍하니 앉아 어떤 공상 그리 할까. 시집 가는 꿈을 꾸나, 돈 버는 꿈을 꾸나. 정말 에레나는 바보 같아. 오늘 하루 이런 난리. 딱정벌레야 너는 아니. 비닐장판 위의 딱정벌레, 하나뿐인 에레나의 친구, 외로움도 닮아가네. 외로움이 닮아가면 어느 사이 다가와서 슬픈 에레나를 바라보네. 울지 마요….

'비닐장판 위의 딱정벌레'를 아는 사람이라면 인순이가 부르는 '거위의 꿈'을 듣고 느끼는 감동은 배가된다. 삶의 경험이 깊이 발효된 목소리가 전하는 감동은 묵중하다. 늘 혼자였던 소녀는 수녀가 되고 싶었다. 바깥에서 활동하지 않고 수녀원 안에만 있으면 사람들이 자신을 쳐다보지 않아서 좋겠다고 생각했기 때문이다. 그런데 수녀는 돈을 못 번다고 했다. 어머니와 동생을 위해 청소년 시기부터 돈을 벌어야 했다. 누군가 다가와서 물었다.

"노래를 부를래?"
에레나가 궁금한 건 하나뿐이었다.
"노래하면 돈을 주나요?"
"그럼, 돈 벌 수 있어."
그래서 에레나는 노래를 시작했다.

유년의 어두운 동굴 문을 열고 나온 에레나는 국민의 사랑을 받는 가수로 우뚝 섰고, 자신과 비슷한 유년기를 보내고 있는 아이들의 든든한 보호자가 되어주기 위해 대안학교를 세웠다. 학비 없는 배움터 '해밀학교' 설립자 김인순을 아이들은 '큰엄마'라고 부른다.

교무실에 쌍무지개가 피었다 / 인순쌤 구름이 비를 쏟아낸다 / 쌍무지개 더욱 짙게 피어난다 / 비가 그치고 하늘이 맑게 개면 비로소 해밀이 된다.
—'쌍무지개', 해밀학교 학생 정은찬

'해밀'은 '비 온 뒤 맑게 갠 하늘'이라는 뜻이다. 피부색, 언어, 생활고 등 복합적인 문제로 다중 고통을 겪고 있는 7만 명에 가까운 다문화 가정의 아이들을 전문적으로 돌보는 학교가 필요하다고 오랜 시간 생각해왔다. 아이들이 처한 어려움을 단점이 아닌 장점으로 키워주는 학교를 만들고 싶었고, 2013년에 꿈은 현실이 되었다. 현실은 꿈처럼 달콤하지 않다는 것을 알지만, 매일 풀어야 할 숙제가 산더미 같다.

살다 보면 예상치 못했던 난관에 부딪히는 날이 있잖아요. 나는 절대로 겪지 않을 것 같은 일을 어느 순간 겪기도 하더라고요. 인생이란 것이 크고 작은 일을 헤쳐 나가면서 성장하는 것 같아요. 헤쳐 나갈 일이 없으면 인생에 무슨 재미가 있겠어요?

그래도 너무 힘들 땐 어떻게 하나요.

답은 간단해요. 힘들면 안 하면 되잖아요. 즐기면서 할 수 있다면 적극적으로 부딪쳐보는 거고요. 2010년에 마음을 먹고 2013년에 개교해서 이제 1회 졸업생을 배출했거든요. 지금까지 나름대로 애썼기 때문에, 제가 너무 힘들어서 학교 운영을 그만둔다고 해도 비난할 사람은 없어요. 그런데 선생님들과 함께 좌충우돌하면서 난관을 헤쳐 나가다 보면 재미있어요. 제가 학교 운영에 대해 뭘 알겠어요? 그런데 문제를 하나씩 해결해가는 재미가 쏠쏠해요. 문제 하나 해결하고 나면 세상을 다 얻은 것 같고요. 몇 달 지나면 또 벽을 만나고 막

살다 보면 예상치 못했던 난관에 부딪히는 날이 있잖아요.
나는 절대로 겪지 않을 것 같은 일을 어느 순간 겪기도 하더라고요.
인생이란 것이 크고 작은 일을 헤쳐 나가면서 성장하는 것 같아요.
헤쳐 나갈 일이 없으면 인생에 무슨 재미가 있겠어요?

막해질 테지만 또 부딪쳐보는 거죠. 아이들의 미래를 생각하고 책임
져야 하는 일이기 때문에 여기서 그만둘 수는 없죠. 놓을 수는 있으
나 놓아서는 안 되는 일이죠.

"감동을 느낀 아이들은 바르게 자랄 수밖에 없어요" ✿

학생들이 선생님들과 전원 기숙사 생활을 하는 전액 무료 중학
교, 입학조건이 까다로울 것 같아요.

입학조건은 거의 없어요. 면담을 해서 우리가 도저히 감당할
수 없는 아이가 아니라면, 웬만하면 저희가 다 감당하며 키울 수 있다
고 생각해요. 다문화 가정 아이들 중에는 여기서 태어난 아이들도 있
지만, 엄마가 재혼하면서 현지에서 낳은 아이를 데리고 입국하는 경
우도 있어요. '중도 입국'이라고 하는데요, 그 아이들은 이미 열일곱,
열여덟 살이 돼서 들어와요. 기역 니은도 모르고, 한국말도 모른 채로
요. 또 탈북한 아이들, 난민 아이들, 이들이 모두 '다문화'의 범주에 속
해 있어요. 우리 학교에서 키워야 할 아이들이죠. 그리고 '학교 밖' 아
이들도 있어요. 학교에 적응하지 못하는 아이들도 저희가 데려와요.
다문화 학교로 만들었지만 부모가 키우기 힘든 아이들은 우리가 키
우겠다는 마음으로 학생들을 받고 있어요. 엄마가 혼자 키울 수 없는

사정이 있으면 초등 6학년도 받아요. 가까운 데 초등학교가 있으니
그 학교에서 공부하게 하고, 방과 후에는 우리가 키우면 돼요.

해밀학교 학생과 페이스북 친구가 되었는데, '큰엄마'는 보호자
이자 친구라고 하더군요.

지치지 않고 일할 수 있는 힘을 제게 주는 존재가 바로 해밀
학교 아이들이에요. 한국말을 전혀 못하는 필리핀 아이가 있었어요.
그 아이가 우리 학교에 와서 한글을 깨치고 2년 반 만에 검정고시에
서 60점을 돌파하고 합격했어요. 정확히 60.8점! 기적 같은 일이에요.
저는 이 아이들이 한국 사람으로서, 한국 땅에서 자신의 자존감을
높이면서 살아갔으면 좋겠어요. 그리고 건강하게 자라서, 인간관계도
지혜롭게 맺어나가는 사람이 되길 바라요.

시험을 잘 보는 기술보다, 대인관계를 잘 맺고, 자존감을 가지고
살아갈 수 있는 지혜를 청소년기에 배운다면, 누구나 당당하고 멋진
어른으로 성장할 수 있을 것 같아요.

힘든 상황에 처했을 때, 내가 싸워야 하는지, 참아야 하는지,
판단을 못할 때가 있잖아요. 우리는 공부는 물론이고, 이런 삶의 지혜
를 알려주는 학교가 되고 싶어요. '공부 열심히 해서 사람들 보란 듯
이 성공하자.' 우리는 아이들한테 그런 말 안 해요. 지혜롭게 살아가는

법을 가르쳐주고 싶어요. 내가 잘못하지 않았을 때는 당당하고 차분
하게 내 주장을 하고, 내가 잘못했을 때는 받아들이고, 인정하고, 잘
못을 고치자고 가르치지요.

아이들 덕분에 제일 기뻤던 날은 언제였나요?

　　4월 23일이 우리 학교 개교기념일이었어요. 아이들이 자기들
끼리 연락해서 1년, 2년 다닌 친구들, 중간에 검정고시 합격했다고 나
간 아이들, 졸업생 아이들이 다 왔어요. 모두 모여서 청소를 도와주고
잔치 준비를 한 거죠. 홈커밍데이처럼요.

**아이들에게 언제든 찾아올 수 있는 고향집이 생긴 거네요. 이 안
에서 아이들의 롤모델이 나오면 좋겠어요.**

　　저는 아이들이 성공하지 않더라도 잘 살아가는 모습을 보고
싶어요. 성공이 인생의 전부가 아니에요. 자기 좋아하는 일을 하면서
평생을 살아갈 수 있는 사람들이 성공한 거예요. 직장에서는 내 책상
이 언제든 사라질 수 있지만, 직업은 내 기술이기 때문에 내가 살아
있는 한 내 것이에요. 그래서 우리 아이들에게 평생의 '업'을 갖게 해
주고 싶어요. 메이크업을 배우고 싶은 아이가 있으면 제 지인한테 레
슨을 해달라고 부탁하고, 제빵 기술을 배우고 싶은 아이가 있으면 배
울 수 있는 길을 알아보죠. 제 인맥을 이용해서 아이들이 하고 싶은

것을 할 수 있게 도와주고 싶어요. 기회를 만나야 아이들이 재능을 펼칠 수 있으니까요.

얼마 전에는 해밀 학생과 함께 그림 전시회에 참여하셨죠? 직접 그린 우산 그림이 참 인상적이었어요. 인순이라는 사람을 닮았잖아요.

미란이라는 아이가 있는데 그림을 잘 그려요. 밀알교회에서 자폐 아이들 그림 전시회를 하는데 재미있는 요소를 찾고 있더라고요. 다문화 가정과 자폐 아이들이 함께하는 전시회를 하자고 제안했어요. 그때 미란이랑 같이 미술을 조금 배우고, 저는 우산이 좋아서 우산만 그렸어요. 우산은 보호해주잖아요.

해밀학교가 문 연 날부터 지금까지 계속 지켜봤어요. 선생님, 마을 주민, 학생들, 모두가 가족처럼 재미있게 지내더라고요. 1기 졸업식 때 예쁘게 화장하고 한복을 차려 입은 아이들이 눈부시더군요.

다섯 명이 졸업하고 고등학교로 진학했어요. 시집보내는 마음이었죠. 최고로 유명한 곳에서 메이크업을 받게 하고 예쁜 한복도 입혔어요. 마을 어르신들도 아이들을 얼마나 사랑해주시는지 몰라요. 같이 농사도 짓고, 축제 때는 돼지도 잡아 오고, 김장도 같이 하고요. 우리 선생님들도 천사가 따로 없어요. 24시간 아이들이랑 붙어 있기 때문에 정말 힘들 거예요. 저는 너무 미안해서 가족처럼 잘 챙겨줘요. 사명감을 가지고 아이들을 진심으로 사랑하는 진짜 교육자들이죠. 그들이 다 모여 사는 곳이 해밀학교예요. 우리의 꿈은 학교 인가를 받는 거예요. 아이들이 국가에서 인증하는 졸업장을 받을 수 있으면 좋겠어요. 선생님과 아이들의 자긍심도 달라지겠죠.

학교는 후원금으로 운영되나요?

처음 1년 동안은 제 돈으로 모든 걸 다 했어요. 그런데 지인들이 저더러 혼자 다 키우려 하지 말고 많은 사람들이 마음으로 함께 키울 수 있는 기회를 주어야 한다고 하더라고요. 어차피 이 아이들은 사회로 나가야 하기 때문에 사람들이 이 아이들에게 관심을 가지게 할 필요가 있어요. 1만 원이든 2만 원이든 직접 후원하면서 '내가 도와주는 아이들'에게 관심을 가지고 마음 문을 열게 되는 것이죠. 누군가를 돕고 싶어도 방법을 모르는 사람들도 많죠. 그분들께 제가 이 아이들을 같이 키울 수 있는 기회를 주는 것이기도 하고요. 많은 사람들이 함께 키우는 게 이 사회에도 의미 있다고 생각해서, 후원을 받기 시작했어요. 지금은 300여 명이 후원해주세요. 매월 1만 원, 2만 원, 5만 원씩 내시는 분들도 있고, 한 번에 500만 원을 후원하는 분도 있어요. 우리는 작은 마음을 정기적으로 후원하시는 분들이 참 반가워요.

'우리를 도와주세요'는 상대의 마음을 움직이기 힘들지만, '당신에게 나눌 수 있는 기회를 드리겠습니다'는 마음을 움직이게 하는 말이에요. 마음이 움직여야 행동이 나오잖아요. 기회를 얻어서 감사하는 마음으로 후원자가 될 수 있을 것 같아요.

적은 돈을 내시는 분들은 한 분이 그만둬도 큰 표시는 나지 않거든요. 그래도 1만 원을 내는 사람들이 많이 생기는 것이 가장 좋죠. '우리를 응원하는 사람들이 이렇게 많구나' 하고 감동을 느낀 아이들은 바르게 자랄 수밖에 없어요. 지난 달, 내가 쓴 어떤 '만 원'에 대해 기억하나요? 아마 커피를 마셨거나 그랬겠지요. 기억하지 못하는 '만 원'들이 많지요. 그런데 후원을 하시면 그 만 원은 '후원금'이라고 통장에 딱 찍히잖아요. 만 원의 행방을 찾아주는 가장 좋은 방법, 돈을 가장 뜻있게 쓰는 방법이 후원이에요.

학교 인가를 받는 건 어려운가요?

공간이 좁아서 학교 옆의 폐교를 하나 샀는데, 6억 원이 통장에 있다는 것을 증빙해야 국가 지원을 받을 수 있어요. 많은 분들이 마음을 모아주셔서 4억이 됐어요. 하지만 아직 2억이 모자라요. 후원금을 받으러 계속 다녀야 하는데, 지칠 때도 많아요. 어떤 사람들은 내가 왜 당신 사업을 후원해야 하느냐고 말해요. 우리는 사단법인이기 때문에, 제가 학교 일을 그만둬도 학교에 낸 수억 원 중 10원도 못 가지고 나와요. 솔직히 돈이 많이 들어갈 때는 힘들기도 하지만, 남들 앞에 갔을 때 정말 떳떳해요. 해마다 학교 운영비의 절반을 제가 내기 때문에, 후원금을 요청할 때도 떳떳할 수 있어서 좋아요.

방송에 해밀학교를 자주 소개하면 후원이 늘지 않을까요.

제가 원치 않아요. 그들은 자꾸 아이들이 눈물 흘리는 장면을 원해요. 아이들에게 밝은 미래를 보여주려고, 밝은 웃음을 찾아주려고 학교를 연 건데, 왜 아이들의 아픔을 들춰내고, 눈물을 카메라에 담고 싶어 하는지 모르겠어요. 제가 쉬지 않고 다니면서 도움을 청하면 돼요. 아이들은 학교에서 공부하고 많이 웃고!(웃음)

학부모님들이 학교에 많이 고마워하실 것 같아요. 가끔 만나시나요?

다문화 가정 부모님들은 정말 먹고 살기 바빠서 얼굴 보기가 힘들어요. 그래도 한국인 부모들이 학구열이 좀 더 있기 때문에 얼굴을 보는 편이에요. 초창기에는 저희도 2학년은 25만 원, 3학년은 30만 원씩 교육비를 받았어요. 받은 이유는, 부모는 자식에게 책임감을 가져야 한다는 것을 상기시키기 위해서였죠. 국가에서 다문화 가정에는 이것저것 혜택을 많이 줘요. 하지만 그들은 로열패밀리가 아니거든요. 그런데 착각을 하게 만들고 있는 거잖아요. 그래서 돈을 내

게 했던 거예요. 그런데 이 안에서도 돈을 아예 못 낼 형편인 사람들

이 있어서, 아이를 학교에 못 보내겠다고 하는 경우가 생기더라고요.

그래서 우리가 허리띠를 좀 더 졸라매고 전원 무상교육을 하기로 결

정했어요.

스쿨버스를 기증해주신 분도 있더군요. 체험 학습 나갈 때 타는

건가요?

우리 아이들이 며칠 있다가 윤동주 시인에 대해 공부하러

서울에 올라가요. 그럴 때 이용하는 것이죠. 서울 견학을 가면 고급

레스토랑에서 아이들에게 맛있는 음식을 해주기도 해요. 경험해봐야

꿈이 생기잖아요. '다음에 사랑하는 사람이 생기면 데이트할 때 같이

와야겠다' 또는 '돈 많이 벌어서 우리 엄마랑 꼭 와야지' 이런 소박한

꿈을 많이 꿀 수 있게 해주고 싶어요. 아이들이 다양한 경험을 할 수

있도록 늘 고민하고 이벤트를 만들고 있어요. 뮤지컬도 다녀오고, 가

수 싸이 콘서트, 신화 콘서트 구경도 가고요. 가기 전에는 미리 공부

를 해요. 무대 주인공은 가수이지만, 무대 뒤에는 100명 넘는 스태프

들이 있으며, 그들의 역할은 20~30개로 세분화된다는 것을 알려줘

요. 아이들이 콘서트를 즐기면서도 무대 뒤의 일들을 상상하며 볼 수

있고, 관심 있는 아이들은 직업 탐색을 해볼 수도 있고요. 아무 생각

없이 봐왔던 것들을 새롭게 볼 수 있게 되는 거죠. 저 가수가 무대에

오르기 위해 얼마나 노력하는지도 말해주지요. 알고 보는 것과 모른
채 보는 것은 체험의 폭이 달라지니까요.

"사랑하는데 그걸 누가 말리니?" ✿

교장선생님 훈화 말씀, 이런 것도 하시나요?

　　아이들 속에 앉아서 같이 수업을 받을 때는 있어요.(웃음) 저
는 같이 밥 먹고 놀면서 자연스럽게 아이들의 고민 속으로 들어가요.
우리 엄마 아빠는 왜 나를 낳았을까, 왜 낳아서 나를 이렇게 힘들게
만드는 걸까, 이런 고민으로 혼자 끙끙 앓는 아이들도 있거든요. 저는
심각하게 교훈을 주는 답 같은 건 안 해요. '야, 너네 엄마 아빠는 왜
사랑했다니? 왜 한국에서 우리를 낳았다니?' 물으면 아이들도 '그러게
말이에요' 하는 눈빛으로 저를 쳐다봐요. 그럼 제가 말하죠. '그런데
내가 나이 드니까 알겠더라. 사랑하는데 그걸 누가 말리니? 너희도 서
로 좋아하는 사람 있잖아. 서로 사랑했으니까 우리를 낳은 거야!' 이
런 식으로 얘기를 해요. 너희도 서로 좋아하는 사람 있잖아? 엄마 아
빠도 너희들이 누군가를 좋아하듯이 좋아서 만난 거야!

엄마 아빠가 사랑하고 나를 낳는 과정, 두 사람이 가장 사이 좋았

이 세상에 '나'라는 캐릭터는 딱 하나밖에 없어요.
얼마나 특별한데!
그렇게 망가지면 안 되는 거예요.

던 시기를 우리는 보지 못한 채 태어난다. 그 과정을 안다면 '나는 사랑의 결실'임을 알고 자랄 수 있을 텐데, 부모가 서로 싸우고 헤어지는 과정만 보며 자란 아이들은 '나'라는 존재가 사랑의 결실이라는 걸 알지 못한다. 그래서 사랑과 결혼에 대한 부정적인 선입견을 갖는 경우도 많다. '나는 엄마 아빠가 사랑해서 낳은 생명'이라는 걸 상기시켜주면, 아이들은 '나도 소중한 존재구나'하고 자연스레 느끼게 된다. '너는 소중한 존재야' 백 번 말해주는 것보다, 스스로 느끼도록 해줄 때 자존감이 생기고, 사랑과 결혼에 대한 긍정적인 생각을 갖게 된다. 큰엄마 김인순은, 대학을 나온 사람도 아니고, 심리학을 전공한 전문가도 아니지만, 누구보다 아이들 마음을 잘 읽고 치유해주는 진정한 '마음치유 전문가'다.

'내가 인생을 살아보니까 다들 사랑해서 아이 낳고 같이 살게 되지만, 살아보니까 저 사람 때문에 못 살겠다는 생각을 하게 되는 경우도 많더라. 그래도 참고 맞춰가면서 살면 좋은데, 어떤 경우엔 정말 참을 수 없어서 헤어지게 되는 경우도 있어. 너희도 나중에 결혼해서 살다 보면 알게 될 거야. 하지만 그건 어른들의 문제지 우리 잘못도 아니고, 우리가 괴로워할 일도 아닌 거야…' 이렇게 아이들과 두런두런 얘기를 주고받는 거예요. 태어나지 말았어야 할 사람은 세상에 한 사람도 없고, 우리는 소중한 사람이라는 것을 깨닫게 해주고 싶어요.

괴로워해야 할 일과 아닌 것을 구분하는 지혜가 생기면, 씩씩하게
내 인생을 개척할 수 있죠. 마음이 약한 아이들일수록 부모에 대한
원망과 자기연민에 빠져서 우울한 인생을 살아갈 확률이 크니까요.

맞아요. 부모가 헤어지는 과정에서 상처받은 아이들은 사
춘기를 수십 년 동안 끌고 갈 수 있거든요. 엄마, 아빠 두 사람의 사
랑 문제, 부부 문제에 내 인생을 연결시켜서 우울하게 살지 말자고 저
는 말해요. 그 두 사람의 사랑 문제이고 부부 문제이지, 내가 저 싸움
에 아예 연결이 없는 건 아니지만, 저 두 사람의 문제에 내 인생을 억
지로 연결시켜서 문제 삼을 필요는 없거든요. 이왕 이 세상에 태어났
으니 잘 먹고 잘 살아야지, 부모님 때문에 자기 인생을 망가뜨리면 안
되잖아요. 나도 우리 엄마 아빠 때문에 힘든 유년기를 보냈는데, 가만
히 생각해보니까 그건 내 일이 아닌데, 내가 그 두 사람의 일까지 신
경 쓸 게 아닌데, 신경을 너무 많이 썼던 것 같아요. 불행은 그들의 일
이죠. 부모님 때문에 내 인생을 망가뜨리면 안 돼요. 내가 강하게 바
로 서면, 나중에 엄마 아빠를 다시 연결시킬 수도 있어요. 그런데 내
가 잘못되면 모든 것을 망치는 거죠. 이 세상에 '나'라는 캐릭터는 딱
하나밖에 없어요. 얼마나 특별한데! 그렇게 망가지면 안 되는 거예요.
인생은 수도원이에요. 인생은 고행이고 수도승처럼 가는 것이지, 멋있
고 찬란한 인생만 꿈꾸면 오히려 불행해져요. 화려한 인생도 있긴 하
죠. 부러울 때도 있고 질투 날 때도 있지만, 절제하면서 내 그릇에 맞

는 생각을 하려고 노력해야죠.

엄마와 살을 부비며 일상의 작은 고민을 나눠본 적이 없는 아이들은, 큰엄마 곁에 다닥다닥 붙어 앉아서 이것저것 묻고, 친구들의 비밀 연애를 일러바치고, 조금의 관심이라도 더 받고 싶어서 투정을 부리느라 바쁘다. 큰엄마는 아이들과 체온을 나누는 지혜로운 상담자가 되어준다.

제가 학교에 가면 아이들이 서로 누구랑 누가 사귀고, 좋아한다고 우루루 몰려와서 이야기해요. 그럼 저는 '너희는 예쁜 사랑해. 사랑해서 사귀면 적어도 3개월은 넘겨야 되지 않겠냐?'라고 말해요. 사귀지 말라고 하면 아이들이 숨어서 만나니까 오히려 눈에 보이는 데서 만날 수 있게 해주는 게 좋아요. 남자아이들에게는 특별히 부탁을 해요. '너 여자친구한테 좀 잘해줘. 네가 아껴줘야지'라고 이야기해요. 그런데요, 아이들은 3~4개월 있으면 금방 헤어지고 또 다른 애랑 사귀더라고요. 이 작은 학교 안에서 말이에요.(웃음) 예쁜 연애를 하면서 '사랑'은 아름다운 거라는 걸 배우고, 엄마 아빠의 사랑도 이해하고 그러면 좋겠어요.

큰엄마가 과거에 겪은 아픔과 경험이 아이들에겐 가장 좋은 약이

되겠어요.

　　나도 어릴 때 아버지를 원망한 적도 있죠. 제가 2년 전에 미주 투어를 다녀왔는데요, 그때 참전용사들을 초청해서 노래를 했어요. 공연 끝난 후에 기념사진을 찍으면서 그분들께 '당신들이 한국전쟁에 왔을 때 몇 살이었어요?' 물어봤어요. 그랬더니 열일곱 살, 열여덟 살이라는 거예요. 유엔 공동묘지에도 열일곱 살짜리의 묘가 있어요. 아버지라고 생각하면 원망하는 마음이 들죠. 하지만 열일곱 살짜리 남자아이, 남의 나라 전쟁에 참전한 아이가 내 아들이라고 생각하면 이해 못할 게 없더라고요. 들어보지도 못한 남의 나라에 와서 언제 죽을지 모르는 상황에 처해 있는데 얼마나 불안했겠어요. 그 불안한 마음을 이겨내려고 사랑을 찾고 여자를 만날 수도 있었겠죠. 그때 아버지를 이해할 수 있는 이유가 하나 더 생겼어요.

웬만한 심리학자보다 더 좋은 상담자의 자질을 갖추고 계시네요. 공감과 소통 능력이 남다른 분 같아요.

　　제 어린 시절을 떠올려보면 이해 못할 아이는 없어요. 저도 시도는 안 했지만, 자살 생각을 안 해봤다면 거짓말이죠. 약 먹고 죽으려니 약값이 없고, 뛰어내리려니까 아플 것 같고.(웃음) 어느 날 새벽에 한 녀석이 문자를 보내왔어요. '선생님, 저 지금 학교 옥상에 와 있어요.' 바로 일어나서 자는 선생님들 다 깨워서 애를 찾아보라고 당부하고, 학교는 난리가 나죠. 하지만 저는 아주 침착하게 답을 해요. '달빛이 그렇게 좋으냐? 여기는 별도 안 보이는데, 거기 달빛은 어때?' 이러면서 시간을 끌어요. 그러면서 계속 얘기를 나누죠. '추운데 얼른 내려와~ 집에서 자자. 응?'

큰엄마랑 얘기하고 싶고 관심도 끌고 싶어서 해프닝을 만드는 거구나!

그러면 아이는 '나는 선생님이 이래서 좋아요.' 그래요. '그치? 나도 네가 얼마나 착한 아이인지 알아.' 이러죠. 왜 그러냐고 호들갑을 떠는 게 아니라 그냥 평소처럼 대하는 거예요. 농담처럼 이야기하다 보면 아이가 깔깔깔 웃다가 해 뜨기 전에 내려오게 되어 있어요.(웃음) 얼마 전엔 졸업생 하나가 고등학교에 진학한 후에 많이 힘든 것 같더라고요. 우리 집에 불러서 재우고, 부산으로 여행을 갔어요. 유엔 공동묘지에 가서 온종일 같이 기도했죠. 손잡고 다니면서 맛있는 거 먹고, 바다도 보고요. 아이들은 어른이 훈계하는 것보다 같이 있으면서 안아주고 얘기 들어주면 금세 마음 문을 열고 얼굴이 밝아져요.

누구보다 아이들의 마음을 더 잘 이해해주는 큰엄마가 있는 해밀학교. 그래서 졸업을 해도 아이들은 큰엄마를 떠나지 못한다. 마음을 다 털어놓아도 될 것 같은, 안겨서 울면 언제나 등 두드려줄 것 같은 사람… 무슨 일이 있어도 내 편이 되어줄 것 같은 사람. 아이들에게 큰엄마는 그런 존재다.

"나중에 이 경험을 가지고 정말 잘 살 수 있을 거야" ✽

늘 활기찬 모습이 보기 좋지만, 가끔은 저 사람 늘 웃느라 참 힘들겠다는 생각도 들어요.

삶의 밑바닥 끝까지 내려가본 사람은 더 내려갈 곳이 없어서 올라올 수밖에 없어요. 어려서부터 삶이 내게 가르쳐준 것 같아요. 덕분에 저는 잘 참는 어른으로 자랐죠. 술도 못 마시고 담배도 못 피우기 때문에 아무리 힘든 일이 생겨도 혼자 참아야 해요. 가족 앞에서는 늘 밝은 목소리로 얘기하지만, 혼자 있을 땐 엉엉 울기도 해요. 얼마 전에 무척 힘든 일이 있었는데, 조찬 모임에 가서 밝게 웃으며 사람들을 만났어요. 그런 뒤에 혼자 차에 탔는데, 그때부터 눈물이 멈추지 않는 거예요. 주차장을 빠져나올 때 엉엉 울면서 주차비를 드렸더니, 주차비 받는 분이 '왜 울어요, 울지 마세요' 하며 저를 위로해주시는 거예요.(웃음) 무대가 아닌 곳에서 제가 우는 모습을 본 건 그 사람이 유일할 거예요. 긴 시간 울고 싶어서 홍천에 있는 학교로 차를

몰고 갔어요. 가는 동안 실컷 울고, 웃으면서 학교에 들어갔죠. 선생님
들과 우리 아이들을 만나니 마음이 환해져서 집으로 돌아왔어요.

울어야 해요. 괴로움과 슬픔을 비워내야, 그 자리에 즐거움도 희
망도 새로 담을 수 있잖아요. 저는 웃음 치료보다 울음 치료가 더 중
요하다고 말해요. 힘들 때 울 수 있는 용기가 필요해요. 저는 아직 잘
안 돼요. 참는 게 버릇이 돼서 그런 것 같아요.

저도 '잘 참는' 사람으로만 살았죠. 청소년 시절부터 집안의
가장이었기 때문에 저는 흔들리는 모습을 보여주면 안 된다고 생각
했어요. 동생을 제가 책임지고 키워야 한다고 생각했고, 고등학교 입
학도 포기해야 했죠. 어릴 때 엄마 혼자 저를 키우느라 너무 가난했
어요. 월말이 되면 구멍가게 주인이 외상값 받으러 오고, 집주인이 방
세 받으러 와서 엄마 어디 있냐고 다그쳐요. 엄마는 방에 숨어서 '엄
마 없다고 말해줄래?' 그래요. 저는 망설이다가 '우리 엄마가… 없다
고… 말해달래요…' 그랬어요. 어릴 때부터 거짓말은 못하겠더라고
요.(웃음)

살아오는 동안, 언제가 제일 힘들었나요?

나는 힘든 거 없었어요. 남들은 내가 힘들었다고 생각할 텐
데, 나는 힘들다고 생각한 적이 없어요. 그냥 당연한 거라고 생각했어

모든 인생에는 의미가 있다

요. 어렸을 때는 사는 게 다 상처라고 생각했지만, 나이 들면서 '그럴 수도 있겠구나' 생각하게 되었죠. 마음에 상처가 커도, 그걸 계속 내 마음에 품고 살면서 아파하면 나만 바보죠. 어떤 사람이 너무 미우면 그 사람이 불행하고 아프면 좋겠다는 생각이 들지만, 그 사람은 잘 먹고 잘 살아요. 하지만 나는 그 사람을 욕하고 미워하기 위해 그 사람의 나쁜 면을 떠올리며 괴로워해야 하잖아요. 이건 내 마음을 파먹는 일이에요. 남을 미워하느라 괴로워하기보다는, 내가 가고 있는 이 길을 그냥 씩씩하게 걸어가는 것이 나답다고 생각하며 살았어요.

긍정적으로 생각하려 애쓰고, 그 에너지를 해밀의 아이들에게 나누어주려 애쓰는 사람. 외로운 소녀 에레나가 한국의 대표 가수로, 해밀학교의 큰엄마로 씩씩하게 설 수 있도록 힘을 주었던 사람이 있다. 해밀의 아이들에게 인순이가 그런 존재이듯이.

1972년, 동두천에서 인연을 맺은 주한미군 도널드 루이스. 피부색이 달라서 따돌림당하던 열다섯 살 소녀, 동굴 속에서 혼자 숨죽여 울던 에레나에게 열아홉 살의 미군 병사 루이스는 친구가 되어주었다. 여동생을 보살피듯 월급을 아껴서 햄버거와 옷, 귀걸이를 사주며 소녀에게 웃음을 찾아주었던 루이스는, 38년 후 찾아간 가수 인순이에게 그 시절 동두천에서 함께했던 추억의 사진첩을 선물로 건넸다. 늘 혼자였던 소녀는 한국의 방송사와 함께 나타났고, 루이스는 딸과 함께 기뻐하며 그를 맞이했다.

'Without You, I'm Nothing!' 오리 조각상에 이 문구를 새겨서 선물했죠. 받은 사랑은 반드시 나누어주게 되는 것 같아요. 이젠 제가 해밀학교 아이들에게 그런 존재가 되어줄 차례인 거죠.

이제 다 이룬 것 같은데, 남은 꿈이 있나요.

전 앞으로도 열심히 일할 거예요. 아니 일해야만 해요. 힘들게 혼자 아이를 키우는 엄마들을 응원해주고, 그들이 기술을 배우고 당당하게 자립해서 살아갈 수 있는 경제적 토대를 만들어주고 싶어요. 내 삶을 받아들이고, 씩씩하게 헤쳐갈 수 있는 능력을 키워주는 거죠. 나와 아이의 삶이 불행하다고 한탄하는 순간, 내 아이는 낳지 말았어야 했던 존재가 되잖아요. 아이에게 자신은 소중한 존재라는 것을 깨닫게 해주며 엄마도 당당하게 살아야지요.

쉬운 말로 언 마음을 녹이는, 공감 능력을 가진 사람을 오랜만에 만났어요. 오늘 저도 많이 배웠어요… 요즘은 다양한 강의를 많이 들으러 다니신다고요.

강의를 들으러 다니는 게 재미있어요. 가끔 못 알아듣는 얘기도 있어요. 그럴 때는, 내가 조금만 더 배웠더라면 이해가 잘되지 않왔을까… 아쉬운 마음이 들어요. 저는 어려운 말은 잘 모르니까 모든 말을 쉽게 하는 거예요.

혼혈이라는 것 빼고, 모든 상황이 김인순 씨와 비슷한 삶을 살고 있는 스물두 살 제자가 있다. 학업을 지속해야 하는지 늘 고민하고, 가난한 엄마와 여동생을 위해서는 대학을 그만두고 당장 취업을 하는 게 옳을 텐데 학교에 다니고 있다는 죄책감에 시달리는 J에게 나는 별 힘이 되지 못하는 선생이었다. '인터뷰 가는데, 나 좀 도와줄래?' 동행을 청해 같이 그를 만났다. 옆에 앉아서 듣는 것만으로 J가 해답을 찾을 수 있을 것 같아서였다. 우리가 대화를 나누는 동안, J는 한 켠에 앉아 말없이 눈물을 흘렸다.

예쁜 아가씨가 왜 계속 우니? 마음이 왜 아픈 거야….

그제서야 J는 소리 내어 울기 시작했다.
"저도 이제 힘을 내보려고요. 그런데 엄마와 동생을 생각하면 학교를 그만두고 돈을 벌어야 할 것 같아서 괴롭고, 또 미안하고요…."

엄마는 엄마가 선택한 자기 인생을 살고 있는 거야. 미안해할 일이 아니야. 네가 너무 착한 거야. 나는 너를 충분히 이해하겠어. 그런데 좀 이기적으로 생각할 필요가 있어. 네가 성공해서 나중에 엄마한테 잘해야지. 지금 엄마 생각하느라 학업을 포기하면 잃는 것도 많잖아. 그럼 나중에 엄마를 어떻게 먹여살릴 거야? 동생은 엄마가 어떻게든 굶기지 않고 잘 키워. 엄마랑 동생이 지금 늪에 빠져 있다고 생각하고 네가 그 늪에 들어가면 셋 다 죽어. 네가 얼른 튼튼한 끈을 구해 와서 엄마랑 동생을 구해줘야지. 네가 지금 동생 키우겠다고 학교를 그만두는 건 바보 같은 짓이야. 나도 13년 차이가 나는 동생이 있어. 나 걔 키우느라 고등학교에 못 갔어. 동생 키우고 시집까지 다 보냈어. 후회하지는 않아. 하지만 모든 걸 챙겨주는 나 때문에 동생이 자립심을 가지지 못할 수도 있다는 걸 뒤늦게 알았어. 지금은 너 자신의 발전을 위해 눈을 질끈 감을 필요가 있어. 하지만 지금의 환경을 원망하고 우울에 빠지진 말아라. 그건 너를 키우는 자양분이야. 고통을 겪어본 사람은 그게 재산이 된다. 미리 경험한 사람은 나중에 난관을 만나도 떨어지지 않아. 그리고 매일 일기를 써서 너를 기록해. 그게 너의 책이 되는 거고 길잡이가 되는 거야. 넌 나중에 이 경험들을 가지고 정말 잘 살 수 있을 거야.

같은 아픔을 겪어본 사람만이 줄 수 있는 위로가 있다. 그 위로는 에너지가 다르다. 힘내라는 말을 하지 않아도, 강력한 희망의 에너지가 심장을 가동시키고, 주저앉은 무릎을 일으켜 세운다. J의 눈물을 지금의 환경을 원망하고 우울에 빠지진 말아라.
그건 너를 키우는 자양분이야.
고통을 겪어본 사람은 그게 재산이 된다.
미리 경험한 사람은 나중에 난관을 만나도 떨어지지 않아.

만난 이후, 처음으로 선생 노릇을 겨우 하나 했다. 보살펴야 할 가족 외에, 든든한 마음의 엄마를 만나게 해준 것 같아 죄책감을 조금 덜게 되었다.

나는 돌아서서 숨죽여 짐을 챙기며, 아이가 그 품에 안겨 울 수 있도록 자리를 내어줬다.

> '우리, 힘들어도 웃으면서 살자. 언제든 힘들면 내게 도움을 청해. 그리고 나랑 같이 좋은 강의 들으러 다니자. 난 모르는 게 많아서 강의 들으러 열심히 다닌단다. 답답한 날엔 같이 산에 갈래?'

J가 문자 메시지를 보여주며 웃는다. 오랜만에 보는 웃음이다. 그후에도, 그는 아이에게 자주 문자 메시지로 말을 걸고 있었다.

"밥 굶지 말라고 용돈도 주셨는데, 어떡하죠?"

받아도 된다고, 감사히 받고 오래 기억하라고 말해주었다. 받은 사랑은 나비효과를 일으키는 법이니까. 너도 우는 사람과 함께 울어주는, 그를 일으켜주는 어른으로 성장할 테니까. 더 큰 사랑으로 다른 이의 가슴에 가서 닿으면 되는 거니까…

가난, 혼혈, 한부모 가정, 중졸… 친구가 없던 외로운 소녀 에레나는 편견과 차별의 어두운 동굴 문을 활짝 열고 세상으로 나오는 법을 가르치는 해밀학교의 엄마가 되었다. 아이들 스스로 자유의 문을 열

수 있도록 황금열쇠 깎는 법을 가르치는 교육자로 다시 태어났다.

오랜만에 그의 페이스북에 들어가 보니 반가운 소식이 두 개나 올라와 있다. 큰 상을 받았다는 소식과 함께, 새로 짓는 학교 건물 사진이 눈에 띄었다.

저 오늘 상 탔어요. 대한민국 세종대왕 나눔봉사 대상. 제가 상 받을 자격이 있는 건지… 이제부터라도 좋은 일 하겠어요.

여러분께서 십시일반 모아주신 건축기금으로 우리 해밀학교가 이만큼 지어졌어요. 매일매일 달라지는 학교! 2017년 3월에 들어갈 꿈에 부풀어 있어요. 페북 친구 여러분! 혹시 마루나 타일, 변기, 전등… 마감재 사업하는 분 계신지요? 유행이 지났다거나, 짝이 안 맞는다거나, 이런저런 이유로 창고에서 주인을 기다리고 있는 것들 있으시면 '원가에 주실 수 있으신지요? 그냥은 절대 아니고요. '원가'로요. 관심 가져주세요. 동참해주셔서 이만큼 오게 됐습니다. 정말 많이 감사드려요. 우리 아이들 함께 키워요. 학교를 함께 만들어가요. 그리고 함께하고 싶으셨지만 방법을 몰랐던 분들이 아실 수 있게 공유 부탁드려요.

나는 얼른 건축자재 사업을 하는 친구에게 문자를 넣었다. '친구야, 투자한 금액에 비해 엄청난 결실을 얻을 수 있는, 좋은 기회가 있어. 아무한테나 안 알려줌. 궁금하면 연락 바람.'

해밀의 아이 은찬이가 말했지. '인순쌤 구름'이 뿌린 비가 그치고 하늘이 맑게 개면 비로소 해밀이 된다고. 이제는 해밀의 아이들이 큰 엄마 김인순에게 연필로 꾹꾹 눌러 쓴 마음을 손편지로 전하고 있다.

"Without You, I'm Nothing!"

가족의 의미를
깨닫게 해주는
따뜻한 문학가

박동규, 박상미의 대화

박동규_가족의 힘, 가족의 의미를 깨닫게 해주는 따뜻한 문학가

1939년생. 한국의 대표 시인인 박목월 시인의 장남으로 더 많이 알려져있지만,
국문학계에서 존경받는 문학평론가이자 따뜻하고 진솔한 글을 쓰는 산문가다.
부모님의 바람대로 국문학자가 되었고, 지금도 서울대학교 국어국문학과
명예교수로 있다.

아버지의 시가 내 삶의 깃발이 되었어요. 내게 인간다운 삶의
이상을 그리게 하고, 가진 것은 없어도 향기를 뿌리는 힘을 주었어요.

박목월(1915~78) 시인의 장남 박동규 서울대 명예교수. 한국의 전후
소설에 관한 평론을 발표하면서 평론가로서 주목받았고 서울대학교
국문과 교수로 강단에 섰다. 라디오와 TV 프로그램을 통해 문학과 문
화를 쉽게 읽어주는 방송인으로도 오랜 시간 활동하며 대중의 사랑을
받았다. 퇴직 후에도 시민들을 대상으로 무료 문학 강좌를 열고, 평범
한 사람들에게 문학 이야기를 들려주는 그를 나는 애써 '박동규 작가'
라 부르고 싶다. 믿고 격려하는 서로가 있기에 힘을 얻는, 가족의 소중
한 가치를 일깨우는 수필집을 꾸준히 쓰고 있으며, 그의 글은 박목월
시인의 시 못지않게 우리에게 주는 감동과 위안이 크기 때문이다.

박동규 작가를 만나면, '가족이라는 놀라운 힘'에 대해 깊은 생각
에 빠지게 된다. 아버지의 시를 삶의 깃발로 삼고 살아온 얼굴은 세월
의 흔적마저 평안하고 소박했다.

목월 시인의 본명은 영종. 그가 좋아했던 수주樹州 변영로의 호 '수
樹' 자의 목木과 시인 김소월의 '월月'을 따 '목월'이라는 필명으로 시를
썼다. 정지용 시인은 "북에는 김소월, 남에는 박목월이 있다"고 하지 않

았던가. 2015년은 박목월 시인 탄생 100주년이었다. 전국에서 시민들이 참여하는 문학 행사가 열렸고, 박동규 작가는 생애 가장 바쁜 한 해를 보냈다.

"지상에는 아버지라는 어설픈 것이 존재한다" ✿

강나루 건너서 / 밀밭 길을 // 구름에 달 가듯이 / 가는 나그네 // 길은 외줄기 / 남도 삼백리 // 술 익는 마을마다 / 타는 저녁놀 // 구름에 달 가듯이 / 가는 나그네

—'나그네'

이 시를 암송하는 이들이 많은 건 짧기 때문만은 아닐 것이다. 술익는 마을마다 타는 저녁놀! 마을의 풍요와 대비되는 나그네의 고독은 우리의 후각과 시각을 자극하고, 영상으로 펼쳐지는 짧은 시 한 편에 우리는 오래도록 취하게 된다. 아름다운 우리말이 노래처럼 흐르는 감각적인 시는 오감을 통해 흠뻑 젖어들어 오래 기억에 남는다.

내가 가장 사랑하는 목월의 시는 '가정(家庭)'이다. 이 시 한 편을 읽고 아버지란, 굴욕과 굶주림과 추운 길을 걸어서 우리 곁에 오는 존재라는 것을 처음 깨달았다.

지상에는

아홉 켤레의 신발.

아니 현관에는 아니 들간에는

아니 어느 시인의 가정에는

알전등이 켜질 무렵을

문수文數가 다른 아홉 켤레의 신발을.

내 신발은

십구문반十九文半.

눈과 얼음의 길을 걸어

그들 옆에 벗으면

육문삼六文三의 코가 납작한

귀염둥아 귀염둥아

우리 막내둥아.

미소하는

내 얼굴을 보아라.

얼음과 눈으로 벽을 짜 올린

여기는

지상.

연민憐憫한 삶의 길이여.

내 신발은 십구문반.

아랫목에 모인

아홉 마리의 강아지야.

강아지 같은 것들아.

굴욕과 굶주림과 추운 길을 걸어

내가 왔다.

아버지가 왔다.

아니 십구문반의 신발이 왔다.

아니 지상에는

아버지라는 어설픈 것이

존재한다.

미소하는

내 얼굴을 보아라.

　백발의 아들은 지금도 한밤에 자다가 깨면 누군가 머리를 쓰다듬
는 듯한 환상에 빠질 때가 있다.

　　　부모님이 곁에 없다는 것을 깨닫고 나면, 비오는 거리에 비를

내 핏줄 속에는 부모님의 따뜻한 사랑이 여전히 살아 있어요.
아버지의 인자한 마음은 작은 상처 하나도 따뜻하게 달래주고,
찬 마룻바닥에 엎드려 하던 어머니의 새벽기도는
지금도 제 마음을 뜨겁게 데워줍니다.
가족은 생명을 함께하는 행복의 공동체죠.

그대로 맞고 서 있는 듯한 처량함을 느끼게 되지요. 내 핏줄 속에는 부모님의 따뜻한 사랑이 여전히 살아 있어요. 아버지의 인자한 마음은 작은 상처 하나도 따뜻하게 달래주고, 찬 마룻바닥에 엎드려 하던 어머니의 새벽기도는 지금도 제 마음을 뜨겁게 데워줍니다. 가족은 생명을 함께하는 행복의 공동체죠.

나는 우리 신규가
젤 예뻐.
아암, 문규도 예쁘지.
밥 많이 먹는 애가
아버진 젤 예뻐.
낼은 아빠 돈 벌어가지고
이만큼 선물을
사 갖고 오마.
이만큼 벌린 팔에 한 아름
비가 변한 눈 오는 공간.
무슨 짓으로 돈을 벌까.
그것은 내일에 걱정할 일.
이만큼 벌린 팔에 한 아름
그것은 아버지의 사랑의 하늘.

아빠, 참말이지.

접때처럼 안 까먹지.

아암, 참말이지.

이만큼 선물을

사 갖고 온다는데.

이만큼 벌린 팔에 한 아름

바람이 설레는 빈 공간.

어린 것을 내가 키우나.

하느님께서 키워 주시지.

가난한 자에게 베푸시는

당신의 뜻을

내야 알지만.

상 위에 찬은 순식물성.

숟갈은 한 죽에 다 차는데

많이 먹는 애가 젤 예뻐.

언제부터 측은한 정으로

인간은 얽매어 살아왔던가.

이만큼 낼은 선물 사오께.

이만큼 벌린 팔을 들고

신이여, 당신 앞에

육신을 벗는 날,

내가 서리다.

—'밥상 앞에서'

누구나 가난한 시절이었지만, 시인의 집은 좀 더 가난했지.

초등학교 입학식에 신고 갈 신발이 없었어요. 입학식 전날 밤, 어머니

는 시집오던 날 입었던 아끼는 비단치마를 잘라서 빨간 덧버선을 만

들고, 아버지는 나를 앞에 앉히고 한지를 잘라서 굵은 실로 꿰맨 노

트를 만들어주셨어요. 먹을 갈아서 박동규, 세 글자를 써주셨는데,

아버지의 눈물이 내 이름자에 떨어져서 글자가 번졌어… 아버지의

눈물 자국이 선명한 노트를 들고, 빨간 덧버선을 신고 학교에 갔어

요. 아이들이 '중국 놈~ 비단장수~' 어찌나 놀리던지… 수줍음이 많

은 나는 더욱 기가 죽어서 밖에 나가 놀지 않고 앉아 있었어요. 노트

를 만들어서 들고 온 아이도 나밖에 없었지. 선생님이 '너는 왜 밖에

나가 놀지를 않느냐?' 물으시길래 슬그머니 내 발을 보여줬어요. 내 덧

버선을 물끄러미 보던 선생님이, 한참 만에 낮은 목소리로 '아버지 뭐

하시냐?' 물어요. '우리 아버지는… 시인입니다' 답을 하고는 눈물이

터져버려서 선생님 품에 안겨 엉엉 울었던 기억이 나요.

94

어머니가 가장 아끼는 치마를 잘라 만든 덧버선, 아버지가 눈물로 이름을 새겨준 수제 노트… 시인의 아들은 돈이 대신할 수 없는 정성과 사랑 속에서 컸다.

아버지는 원고지에 연필로 시를 썼어요. 밤에 사각사각 연필 깎는 소리가 들리면 어머니와 우리는 숨소리마저 죽이고 아버지가 시 쓰기를 기다렸어요. 가장 경건한 시간이었죠. 어머니는 아버지가 쓰다가 버린 원고지를 경대 위에 차곡차곡 쌓아두셨는데, 우리 오남매가 무엇을 사달라고 조르면 말없이 손을 잡고 안방으로 가서 그 원고지 더미 위에 어머니와 내 손을 포개어 올려놓고 말씀하셨어요. '우리는 글 쓰는 집안이라 돈이 없구나.' 돈이 없어서 줄 수 없다는 말은 단 한 번도 하지 않으셨어요.

문학을 사랑하는 아버지를 따라 살고 싶어서 문학을 전공하게 됐지만, 아들은 한 번도 아버지를 뛰어넘을 수 있다는 생각을 해본 적이 없다.

경제학과에 갈까, 영문학과에 갈까 고민했죠. 그런데 묵묵히 지켜보던 아버지가 '한국문학을 공부하면 아버지와 함께 책도 쓸 수 있고… 나는 시를 쓰지만 너는 대학에서 문학이론을 공부하면 아버지보다 좋은 학자가 될 거다' 하시는 거예요. 문학에 대한 아버지의 열정과 신념이 느껴졌죠. 언젠가 아버지가 '까만 하늘에 빛나는 별처럼, 흰 종이에 글자로 영원히 빛날 별을 새겨 넣는 일이 글 쓰는 일이야' 말씀하신 게 떠올랐어요. 국문학을 선택했지만 아버지와 함께 책 쓰는 건 엄두를 낼 수 없었어요. 서울대 교수가 되고 나서 논문집을 한 권 갖다드렸는데, 며칠 뒤 깜짝 놀랐어요. 내가 쓴 논문이 고칠 데 없이 자랑스러워서 '아버님, 이 논문 제가 썼습니다' 하고 갖다드리면, 말없이 받고 빙그레 웃으세요. 며칠 있다가 보면 내 방문 앞에 아버님이 슬며시 논문을 밀어놓고 가셔요. 열어보니 빨간 펜으로… 교정을 보시고 의문 나는 부분은 밑줄을 치고 물음표를 넣으시고… 논문이 온통 새빨갛게 되어 있어요. 문장 덜 된 것, 표현이 어려운 것, 논리가 부족한 것, 내가 볼 수 없는 것들을 적어놓고선, 아무렇지도 않게 내 방문 앞에 놓고 가시는 그런 아버지였어요. 그때 내가 뛰어넘을 수 없는 분이라는 걸 알았어요.

아버지가 가장 자상한 스승이셨네요. 위대하지만, 지상의 아버지들은 스스로 '어설프다'고 느끼는 눈물겨운 존재인 것 같아요. '층층계'는 아버지로서 목월 시인의 마음이 가장 잘 녹아든 시 같아요.

적산가옥敵産家屋 구석에 짤막한 층층계……

그 이층에서

나는 밤이 깊도록 글을 쓴다.

써도써도 가랑잎처럼 쌓이는

공허감.

이것은 내일이면

지폐가 된다.

어느 것은 어린것의 공납금.

어느 것은 가난한 시량대柴糧代

어느 것은 늘 가벼운 나의 용전用錢

밤 한 시, 혹은

두 시. 용변을 하려고

아래층으로 내려가면

아래층은 단칸방.

온 가족은 잠이 깊다.

서글픈 것의

저 무심한 평안함.

아아 나는 다시

층층계를 밟고

이층으로 올라간다.

(사닥다리를 밟고 원고지 위에서

곡예사들은 지쳐 내려오는데……)

나는 날마다

생활의 막다른 골목 끝에 놓인

이 짤막한 층층계를 올라와서

샛까만 유리창에

수척한 얼굴을 만난다.

그것은 너무나 어처구니없는

〈아버지〉라는 것이다.

나의 어린것들은

왜놈들이 남기고 간 다다미방에서

날무처럼 포름쪽쪽 얼어 있구나.

아버지의 옷자락을 붙들고 살았던 행복을 잊을 수 있을까요.
크리스마스 선물로 털 오버를 사달라는 어린 딸 앞에서 연필 쥔 손이
파르르 떨리던 모습, 나는 털장갑이면 족하다는 거짓말을 한 뒤 속상
해서 이불을 쓰고 울던 저의 머리를 쓰다듬으며 '이게 철이 들어서…'
하시며 같이 우시던 아버지의 모습은 잊을 수 없는 기억입니다.

아버지는 평생을 지탱하는 기둥과 같은 존재인 것 같습니다.

자식을 키우는 일은 '불효를 발견하는 일'이에요. 자식일 때

는 모릅니다. 부모가 되어봐야, 그때서야 부모 마음을 알게 되죠. 내 자식에게 더 못해줘서 늘 미안하고, 세상 무엇보다 자식이 귀하게 느껴질 때 내 부모님에게 나도 이렇게 귀한 존재였겠구나, 감히 가늠해볼 수 있죠. 아버지란 존재는 자식의 배고픔을 가장 먼저 알아보는 사람이에요. 몸이 아플 때, 도저히 넘을 수 없을 것 같은 인생 고비를 만날 때, 저는 지금도 생각해요. 아버지가 계시면 여쭤볼 텐데… 그럴 때마다 '아버지' 하고 힘껏 불러보면 힘이 납니다.

아버지의 모습을 고스란히 닮으신 것 같아요.

　　내 자식에게도 나는 그런 존재일 테죠. 내 아들은 미국에서 아이들 키우며 공부하고 있는데, 가끔 만나면 내 손을 꼭 잡고 '아버지, 건강하셔야 해요' 이 말만 계속 해요. 그 나이 때 내 마음을 떠올리며 아들의 마음을 읽지요. 지금보다 더 잘되는 모습을 오래도록 보여주고 싶고, 아버지에게 인정받고 싶고 아버지를 기쁘게 해주고 싶은 게 아들 마음이겠지요. 표현이 부족해도 진심을 다 알아듣는 게 아버지 마음이고요. 아들과 아버지의 관계는 그런 거지요.

부모의 사랑은 대물림된다. 목월 시인이 자식들에게 베푼 사랑은 그가 어머니로부터 받은 사랑을 자식들에게 전한 것이다. 어머니의 기도는 지팡이가 되어 더듬거리며 가는 인생길을 인도하고, 어머니의 기도 소리는 사는 내내 자식의 가슴속에 울려 퍼진다.

유품으로는

그것뿐이다.

붉은 언더라인이 그어진

우리 어머니의 성경책.

가난과

인내와

기도로 일생을 보내신 어머니는

파주의 잔디를 덮고

잠드셨다.

오늘은 가배절

흐르는 달빛에 산천은 젖었는데

이 세상에 남기신

어머니의 유품은

그것뿐이다.

가죽으로 장정된

모서리마다 헐어버린

말씀의 책

어머니가 그으신

붉은 언더라인은

당신의 신앙을 위한 것이지만

오늘은

이순의 아들을 깨우치고

당신을 통하여

지고하신 분을 뵙게 한다.

동양의 깊은 달밤에

더듬거리며 읽는

어머니의 붉은 언더라인

당신의 신앙이

지팡이가 되어 더듬거리며

따라 가는 길에

내 안에 울리는

어머니의 기도소리.

—'어머니의 언더라인'

어머니의 한마디가 아들의 인생을 만들었다

작은 방에 식구가 누우면 방이 가득 찼고, 아버지의 책상을 따로

둘 형편이 못 되었다. 아버지는 시상詩想이 떠오르는 밤이면, 밥상을 가져오라 하셨다. 어머니가 정성껏 밥상을 닦아 갖다드리면, 아버지는 원고지를 올려놓으시고 연필을 깎기 시작했다. 함박눈이 내리던 그날 밤도 아버지는 밥상을 찾으셨다. 어머니는 보채는 젖먹이 여동생을 포대기로 업고 담요를 씌워서 마실을 간다며 나가셨다.

사각사각, 칼끝에서 나무가 깎여나가는 소리, 흑심 가는 소리에 귀를 기울이다 마실 가신 어머니를 잊고 잠이 들었다. 아버지의 원고지 위에서 연필을 타고 노는 꿈을 꾼 것 같기도 하다. 등 뒤에 누워서 까무룩 잠든 장남을 깨운 아버지는, 통행금지 시간이 다 되었는데 네 어머니가 돌아오지 않았다며 어머니를 찾아오라 하셨다.

털모자를 쓰고 밖으로 나가 이웃집을 다 돌아다녀도 어머니는 안 계셨다. 돌아오는 길, 전봇대 옆에 키 큰 눈사람이 서 있었다. 눈사람이 "동규야" 하고 불렀다. 도깨비를 만난 줄 알고 놀라서 벌러덩 엉덩방아를 찧으며 올려다보니, 함박눈을 덮어 쓴 어머니가 아닌가.

아버지 글 다 쓰셨어?

아버지 시 쓰는데 젖먹이 여동생이 보채서 방해가 될까 봐, 길에서 눈을 맞고 계셨던 것이다. 그러고 보면 야밤에 남의 집에 마실을 가실 분도 아니었다. 지금도 눈 속에서 "동규야" 부르던 눈사람을 잊지 못한다. 가난한 시인 남편을 그토록 극진히 내조할 수 있었던 힘이 어디서 비롯된 것일까. 어른이 된 후 어머니께 처음으로 여쭤본 적이 있다. 어머니는 흡족한 표정으로 말씀하셨다.

아버지는 시를 다 쓰시면, 가장 먼저 나보고 읽어보라고 하셨다.

박동규 작가가 들려주는 목월 부부의 일화를 통해 사랑의 의미에 대해 많은 생각을 하게 되었다. 부부란, 서로를 향한 존중과 배려를 거름 삼아 크는 나무와 같은 존재 아닐까. 남편을 존중하는 아내의 마음이 목월의 시를 꽃피웠고, 내조의 힘은 남편의 배려가 맺은 열매가 아니었을까. 그 꽃과 열매를 보면서 자란 아이들은, 닮은 나무 한 그루를 키우며 살아갈 수 있을 것이다.

평생 잊지 못할 가슴 아픈 기억을 꺼내야겠네요. 어머니의 말 한마디가 제 인생을 만들었어요. 그날을 잊지 못해요.

초등학교 6학년 때 전쟁이 났다. 아버지는 한강을 건너 남쪽으로 가셨고, 여동생은 다섯 살, 남동생은 젖먹이였다. 인민군 치하에서 한 달 넘게 견디다 못해 가족은 아버지를 찾아 남쪽으로 가기로 했다. 일주일 동안 걸어서 겨우 평택 옆 바닷가 마을에 들어갔는데, 인심마저

흉흉해져서 헛간에도 재워주지 않았다. 어느 집 흙담 옆에 가마니 두 장을 펴고 잠을 자야 했다. 어머니는 어린아이들 얼굴에 밤이슬이 내릴까 봐 보자기를 씌워주셨다. 열세 살 장남이 개천에서 잡아온 새우와 흙담에 늘어진 호박잎을 따서 섞은 죽으로 빈 배를 속여야 했다. 흙담 집 주인은 잎을 너무 많이 따서 호박이 자라지 않는다며 어미와 아이들을 쫓아냈다. 어머니는 어린 것들을 껴안고 한참을 우신 후, 서울로 돌아가서 아버지를 기다리자고 하셨다. 그다음 날, 어머니는 신주처럼 아끼던 재봉틀을 쌀로 바꾸어 오셨다.

쌀자루는 끈을 매어 장남이 지고, 어머니는 보따리를 이고 어린 자식들 손을 잡고… 다시 서울로 발걸음을 돌렸다. 평택에서 수원으로 가는 산길로 접어들어 한참을 가고 있을 때, 서른 살쯤 되어 보이는 청년이 따라 붙었다. 자기가 쌀자루를 들어주겠다는 것이었다.

나는 고마워서 절을 하고 쌀자루를 건네주었죠. 어찌나 걸음이 빠른지 어머니를 돌아볼 틈도 없이 쫓아가야 했어요. 한참을 가다가 갈라지는 길이 나와서 나는 어머니를 놓칠까 봐 쌀자루를 돌려달라고 했죠. 그 청년은 '그냥 따라와' 한마디만 내뱉고 더 빨리 걷는 거예요. 갈라지는 길목에 서서 망설였죠. 계속 따라가면 어머니를 잃을 것 같고, 엄마를 기다리면 쌀자루를 잃을 것 같아서…

은인이 아니고 도둑이네요. 돌려달라고 악다구니를 썼어야죠!

큰소리로 불렀지. 아저씨! 아저씨! 그런데 뒤도 돌아보지 않고 가는 거야… 쌀자루 쫓아가다가 어머니를 잃을까 봐 주저앉아 울었어요. 동생을 업어서 걸음이 느렸던 어머니는 한 시간이 지나서야 나타나셨어요. 맨몸으로 울고 앉아 있는 나를 보시더니, 떨리는 목소리로 '쌀… 쌀자루는?' 하고 물으시는 거야. 울먹이며 사정을 얘기하니, 어머니 얼굴이 노랗게 변했어요. 한참 말이 없던 어머니가 내게 어떻게 하신 줄 알아요? 내 머리를 가슴 깊이 껴안고 울기 시작했어요. '내 아들이 영리하고 똑똑해서 어미를 잃지 않은 거야… 참 다행이다. 고맙다, 내 아들아….'

그날 밤, 어머니는 새끼손가락만 한 고구마 몇 개를 얻어 오셔서 장남 입에 넣어주시고는 "내 아들이 영리하고 똑똑해서 우리가 헤어지지 않았어…" 하면서 우셨다. 전 재산인 쌀을 잃고 막막했을 어머니는, 사람을 믿었던 어린 아들이 받았을 상처를 어루만지는 데 마음을 쏟으셨다. 죄책감에 빠져서 우는 아들을 '똑똑한 아이'로 치켜세우며 오히려 효자라고 칭찬해주셨다. 열세 살 철없는 나이였지만, 어머니의 깊은 사랑은 읽을 수 있었다.

그날부터 아이의 소원은 진짜 '영리하고 똑똑한 아들'이 되는 것이었다. 공부에 게을러질 때마다 그날 야단치지 않고 밤새 머리를 쓰다

들어주시던 어머니의 손길, 어머니의 체온을 떠올렸다.

내 아들이 영리하고 똑똑해서 우리가 헤어지지 않았어. 전쟁 끝나고 아버지를 다시 만났을 때, 자식을 버리지 않은 엄마가 되게 해줘서 고맙다. 내 아들이 똑똑해서 엄마를 살렸네!

어머니의 한마디가 아들의 인생을 만들었다. 지혜로운 어머니는 소년의 정신적 지주가 되었다. 미리 받은 칭찬 덕분에 바르게 자랄 수 있었고, 어머니의 바람대로 아들은 국문학자가 되었다.

어머니는 우리 마을의 어머니이기도 했어요. 어머니 발은 성한 날이 없었어요. 온종일 시장을 돌아다니며 영세 상인들을 만나셨죠. 물건도 사주고, 삶이 고단한 사람들의 하소연도 들어주고, 아랫집 윗집 싸움이 나면 화해시키고⋯ 마을에서 계를 여러 개 만들어서 관리하셨어요. 가난한 동네에서 계가 잘 운영되면 푼돈 모아 목돈을 만들 수 있으니 유용하지 않습니까. 하지만 계라는 것이 돈 관리가 잘못되면 이웃 간의 정情도 살림도 다 깨지는 거잖아요? 사람들이 우리 어머니는 무조건 믿으니까 집에 찾아오는 사람이 넘쳤고, 꼭 밥을 먹여 보내셨어요. 힘드니까 그만하시라고 하면, '나 아니면 누가 거두니?' 하셨어요. 아버지 장례 때보다 어머니 장례 때 문상객이 더 많아서 다들 놀랐죠. 어머니를 따라다니던 개도 장례식이 끝나니 바로 어머니를 따라 가버렸어요. 모두의 어머니로 살다 가신 분입니다.

지혜로운 '나의 어머니' 유익순 여사는 '우리 모두의 어머니'로 사셨고, 한여름 밤에 숨어든 도둑에게도 예외는 아니었다.

1950년대, 내가 고2 때 원효로3가 산꼭대기에 살 때였는데, 그 시절은 가난해서 도둑이 방 유리창을 빼가기도 했어요.(웃음) 여름 밤 내 방에 든 도둑을 잡았는데, 아버지가 신고는커녕 마주 앉아 밤새 얘기를 나누는 거야. 새벽에 통금 사이렌이 울리고서야 도둑을 보내주었는데, 어머니는 장롱에서 돈을 꺼내 도둑의 주머니에 넣어주었어요. 나는 도무지 이해가 되지 않아서 도둑을 왜 그리 대하셨냐고 여쭈었죠. '도둑도 다 사정이 있지. 어머니가 편찮으신데 먹을 게 없다는 거야. 우리 집도 별 거 없지? 물으니 고개를 끄덕여. 도둑질 말고도 좋은 일이 많다고 타일렀다' 하시더라고. 새벽에 보낸 건, 전과 있는 사람을 통금 때 내보내면 순경한테 잡혀가서 곤란을 겪을까 봐 숨겨준 것 아니겠어요? 그 후로 우리 집엔 도둑이 들지 않았어. 목월 시인 집에는 가지 말자고 마을 도둑들이 회의를 한 게 아닐까?(웃음)

박목월 시인과 유익순 여사의 이야기는 세간에 떠도는 풍문 속에서도 아름답고 감동적인 이야기 일색이다. 목월 시인이 전쟁 후에 만나 사랑에 빠진 여대생과 제주도에서 보낸 시간이 있었고, 제주 살림집을 찾아간 어머니는 두 사람이 겨울을 지낼 수 있도록 한복 두 벌과 생활비를 담은 봉투를 말없이 두고 오셨다는 일화는 너무 감동적이어서 사실로 믿어버리고 싶다. 그 후에 여인과 목월 시인이 헤어질 때, 이별의 아픔을 노래한 것이 박목월 작시 '이별의 노래'라는….

> 어머니의 인품을 미화한 풍문입니다. 제가 아는 시인이 소설을 만들어낸 거지요. 어머니께 구체적으로 여쭌 적도 있는데, 그저 웃으며 말씀하셨어요. '시인의 삶에는 신화가 만들어진다. 나쁘지 않다. 하지만 나는 제주에 간 적도 없고, 그 정도로 마음 넓은 여자는 결코 아니다' 하며 웃으셨어요.

동규, 동명, 남규, 문규, 신규 다섯 남매는 부모님의 따뜻한 사랑과 지혜를 먹고 문학가, 화가, 디자이너, 과학자로 성장했다. 시인 남편을 존경했던 아내는 차근차근 시작詩作 노트를 묶어 300여 권으로 정리해두었다. 80%가량이 대중들은 아직까지 만나지 못한 미발표 시다. 목월 시인이 떠난 후 수없이 도둑이 들어 시인의 유품을 가져갔지만, 시작 노트는 장남만 찾을 수 있는 곳에 숨겨두어서 원본 그대로 보존될 수 있었다. 어머니가 돌아가신 후 창작노트를 정리하기 시작한 박

동규 교수는 노트에서 발견한 미발표 시들을 정리하며 매일 아버지와
대화를 나누고 있다.

비닐우산을 쓰고 / 직장을 나선다 / 날씨를 근심하면서 / 인사를 하면서 /
비닐우산 속에 / 모든 얼굴은 젖어 있다 / 가난한 생활인의 / 호젓하게 외로
운 심령 / 물론 그들의 눈에 / 비닐우산이 보일 리 없다.

—미발표 연작시 '오월 A'

글썽, 눈물이 맺힌 소년은 떨리는 목소리로 말했다.

가을바람에 문풍지만 떨려도, 빈 종이에 별을 새겨 넣어서
우리를 키워낸 아버지가 떠올라서 온몸이 떨립니다.

박목월 시인의 탄생 100주년을 맞아 박동규 교수는 고인이 잠들
어 있는 경기도 용인시 처인구 용인공원에 '박목월 시 정원'을 꾸몄다.
아담한 정원에 있는 시비詩碑 여덟 개가 목월 시인을 기억하는 시민들
을 맞이한다.

지상地上에는 / 아홉 켤레의 신발 / 아니 현관玄關에는 아니 들깐에는 / 아니
어느 시인詩人의 가정家庭에는 // 알전등電燈이 켜질 무렵에 / 문수文數가 다른

아홉 켤레의 신발이 / 코를 맞대고 / 옹크리고 있다.

시비 중 '가정'의 초안이 새겨진 시비詩碑가 눈에 띈다. 목월 시인이
노트에 눌러 쓴 육필을 고스란히 새겨넣었다. 제목은 '겨울의 가족'이
었다. 그 시비 앞에서 발을 떼지 못한 건 나뿐이었을까. '가정'보다는
'겨울의 가족'이 아비의 심정을 더 잘 표현한 것 같아 못내 아쉬웠다.
발표시에서는 삭제된 '(신발이) 코를 맞대고 옹크리고 있다'는 표현도
아홉 식구가 소복이 모여 코를 맞대고 자는 모습이 연상되어 콧등이
시큰해지는데, 왜 빼셨느냐고 목월 시인에게 여쭙고 싶었다. 시의 초안
을 시비에 새겨 넣은 박동규 교수도 나와 같은 마음 아니었을까.

기일이나 명절에 아버지 묘소에 꽃을 올리고 돌아설 때마다,
며칠 뒤엔 시든 꽃이 아버지 묘소를 지키고 있겠지… 생각하면 마음
이 아프고 죄송스러웠어요.

이제는 시든 꽃다발 대신, '겨울의 가족', '나그네', '먼 사람에게', '어
머니의 언더라인', '임에게', '청노루' 같은 시가 새겨진 시비들이 아버지
의 묘소를 지키고 있다.

공원묘지를 찾는 많은 사람이 시로 저마다 상처를 치유하고

잠시 마음을 쉬었다 가는 공간이 되길 바라죠. 시들어버릴 꽃 한 송이 놓는 대신, 지금도 사람들이 좋아하는 아버지의 시와 함께 누구나 쉬었다 갈 수 있는 공간을 만들면 '살아 있는 묘지'가 될 거라고 생각했어요.

아버지가 지은 '시의 집'에 많은 사람들이 찾아와서 쉴 수 있도록 흙길을 포장하고, 정원을 가꾸고, 대청마루를 넓히느라, 그의 남은 생은 더 분주할 것이다.

인성이 실력임을
한국에 전하는
교육자

조벽, 박상미의 대화

조벽_인성이 실력이라는 것을 한국 사회에 전하는 교육자

1956년생. '교수를 가르치는 교수'로 이름을 알린 교수법의 권위자다. 《조벽 교수의 인재혁명》, 《인성이 실력이다》 등의 저서를 통해 인성이야말로 인재가 되기 위해 반드시 갖추어야 할 중요한 실력임을 깨닫게 해준 교육자다.

초등학교 때는 '뒤에서 2등'을 도맡아 했다. 중학교 때는 유급을 당하기도 했다. 공부 못하는 게 창피하지도 않았고, 공부 안 하는 게 잘못된 것인지도 몰랐다. 그래도 부모님께선 야단치지 않았다. '두 번은 그렇게 하지 말라'는 당부를 하셨을 뿐이다. 머리 잘 쓰는 것만이 능사가 아니라 마음 쓸 줄도 알아야 한다는 걸 가르치셨다. 사람을 아끼고 좋아하는 부모님은 다양한 친구를 많이 사귀셨고, 집안은 늘 부모님이 초대한 손님들로 북적였다. 뱃사람들, 이민자들, 여행객들, 노동자들… 그들의 이야기를 들으며 다양한 삶을 상상하고 더 넓은 세계를 꿈꿀 수 있었다. 부모님의 모습을 지켜보면서 자연스레 '마음 쓰는 법'을 배웠다. 가족들은 늘 집에 모여서 끝나지 않는 이야기를 나누고 함께 노래를 불렀다.

고등학교에 들어가서도 공부에는 흥미가 없었다. 그러던 어느 날, 수업에 빠져들 수밖에 없도록 귀에 쏙쏙 들어오는 환상적인 강의를 하는 수학 선생님을 만났다. 그 모습이 '아름답다'는 생각까지 들었다. 선생님의 옷 입는 모습, 칠판에 그리는 원 하나까지 완벽해 보였고 따라 하고 싶었다. 수학에 흥미를 느끼기 시작하자, 내가 느낀 희열과 감동을 누군가와 나누고 싶었다. 동네 야학을 찾아가서 배우지 못한 어른들을 대상으로 수학을 가르치기 시작했다. 공부하고 가르치는 일이 참 재미있고 보람 있다는 것을 그때 알게 되었다.

소년은 훗날 교수가 된다. 미국 미시건 공과대학에서 20년간 교수로 재직하며 창의력을 위한 혁신센터와 학습센터의 소장, 학생성공센터 소장을 역임한다. 미시건 공과대학교 '명예의 전당'에는 그의 사진이 세 개나 올라 있다. 공로상과 더불어 최우수 교수상을 두 번이나 받았기 때문이다. 그 외에도 미 과학재단 연구상, 미시건 주 최우수 교수상, 미국 공학교육학회 교육자상 등을 수상하며 '참된 교육자'로 인정받았다. 지금은 한국에서 교사와 학부모, 학생들에게 '인성이 실력'임을 강의하며 살고 있다. '교수를 가르치는 교수'로 잘 알려진 조벽 교수의 이야기다.

미국생활을 정리하고 40년 만에 한국에 돌아왔을 때, 그는 한국의 발전상이 놀랍고 신기했다고 했다. 그러나 교육에 관심이 많은 사람들과 대화를 나누면서 그는 적잖은 충격을 받았다. 어른들이 청소년들에게 자주 쓰는 '실력이 없으면 인성이라도 좋아야지!', '공부해서 남 주냐?' 바로 이 두 문장 때문이었다. 실력과 인성이 어떻게 별개일 수 있는가.

저는 여태까지 인성이라는 것이 그렇게 비굴한 건지 몰랐어요. 인성은 실력 없을 때나 필요한 것, 실력자 옆에 빌붙어 살기 위해 필요한 처세술 같은 게 아닌데 말이지요. 실력과 인성이 별개라고 생각하는 거잖아요? 공부는 실력을 갖추는 것 아닙니까. 그 실력을 오로지 나 혼자 잘 먹고 잘 살기 위해 갖춰야 하는 걸까요? 공부와 실력은 이렇게 이기적인 것이 아닙니다. 한국 학생들의 교과 성적은 세계 최고 수준이에요. 하지만 사회성, 협동심 등 인성 관련 지수에서는 PISA(국제학업성취도평가)에서 세계 최하위를 기록했어요. 우리 아이들은 입시 경쟁과 가정교육의 붕괴 속에 인성을 위협받고 있어요. 자살률이 증가하고 학교폭력 문제가 심각해지면서, 한국 정부도 아이들의 인성 회복이 시급함을 절감하고 있어요. 부모를 버리고, 아이를 버리는 등의 모든 문제는 전부 교육에 투자한 대로 거두는 거예요. 우리 어른들이 자녀들에게 인성교육을 시키지 않았기 때문에 벌어진 일들입니다. 늙어서 양로원에서 외로운 노후를 보내는 것, 다 자업자득이에요.

인성 : 남과 더불어 살 수 있는 능력

교육 현장은 인성교육의 개념조차 잡지 못하고 있는 것 같아요.

다행히 인성교육에 대한 변화가 시작됐어요. 대기업에서도 스펙 대신 인성을 보겠다, 대입 수시에서도 인성평가를 강화하겠다고 하지요. '실력 없으면 인성이라도 갖춰야지'에서 '인성이 없으면 실력이라도 갖춰야지'로 바뀌고 있어요. 하지만 둘 다 틀렸어요. '인성 그 자체가 실력'입니다. 인성은 집단지성을 발휘할 수 있게 하는 실력입니다. 이때까지 한국 대기업의 성공전략은 '천재 한 명이 만 명을 먹여살리는 것'이었기 때문에, 어떻게 하면 최고로 실력이 우수한 사람들을 확보하는가가 관건이었죠. 그러나 천재경영 시대는 끝났어요. 새로운 성공전략으로서 '집단지성'이 필요해요. 다양한 실력과 재능이 있는 여러 명이 함께 어울려서 일해야만 과제를 해결할 수 있어요. 세계적인 창업자들, 스티브 잡스, 빌 게이츠 모두 혼자 일하지 않았어요. 팀워크, 파트너십으로 해낸 거예요. 타인과 더불어 새로운 가치를 만들어내는 성공이 진정한 성공이죠. 이처럼 협력과 집단지성이 중요한 시기에, 인성은 자신을 조율하고 타인과 함께 살아갈 수 있는 기초 능력이자 성공과 행복의 밑바탕입니다.

한국인들은 집단지성이 부족한 것이군요.

우리는 팀워크를 기막히게 잘하는 민족이에요. 그런데 문제는 한국의 집단이 '삼연'을 중시한다는 것입니다. 학연, 지연, 혈연으로 똘똘 뭉친 집단은 자기끼리는 서로 신뢰하고 충성하고 배려하고 돌봅니다. 하지만 집단 밖의 사람들에게는 해를 끼치기도 하죠. 다양한 생각이 있는 사람들이 같이 일해야 합니다. 다양한 시각에서 다양한 생각이 나오죠. 다양한 사람들이 모여 있으면 갈등이 생길 수밖에 없어요. 그래서 남과 더불어 일할 수 있는 능력이 중요한데, 이것이 바로 인성입니다.

인성교육의 목표이자 실천 전략으로 제시하시는 '삼율', '육행'에 대해 듣고 싶습니다.

'삼율'은 자기조율, 관계조율, 공익조율을 뜻합니다. '자기조율'은 내면을 바르고 건전하게 가꾸는 것이죠. '자기조율'의 목표는 스스로 선택의 여지를 만들어내는 것입니다. 이 여지에서 생각과 감정이 통합되고, 조율되죠. '관계조율'은 다른 사람들과 더불어 잘 사는 것입니다. '관계조율'은 어른이 아이에게 보여주어야 가능해요. 아이에게는 보호해주고, 지지해주고, 코칭해주는 어른이 필요하잖아요? '공익조율'은 공동체와 자연과 더불어 살아가는 것입니다. 나 자신을 넘어 보다 큰 가치와 의미에 대한 욕구를 충족시키는 데 필요한 능력입니다. '육행'은 실천전략이에요. 첫째 '자율인'은 자신을 알고, 상황을 객관적으로 보며 외부 자극에 대한 본인의 자극을 선택하는 것이고, 둘째 '합리'는 선택의 여지를 지니고 감성과 이성의 조화를 이루는 것입니다. 셋째 '긍정심'은 긍정적 요인과 결과를 보는 시각을 지니고 결과를 창조하는 심적 에너지를 발휘하는 것이고, 넷째 '감정 코칭'은 본인의 감정을 잘 표출하고 표현하고 타인의 감정에 공감하는 것을 뜻합

'자기조율'은 내면을 바르고 건전하게 가꾸는 것이죠.
'자기조율'의 목표는 스스로 선택의 여지를 만들어내는 것입니다.
'관계조율'은 다른 사람들과 더불어 잘 사는 것입니다.
'관계조율'은 어른이 아이에게 보여주어야 가능해요.
'공익조율'은 공동체와 자연과 더불어 살아가는 것입니다.
나 자신을 넘어 보다 큰 가치와 의미에 대한 욕구를
충족시키는 데 필요한 능력입니다.

니다. 다섯째 '입지'는 의지를 자신보다 더 큰 곳에 두고 혁신하는 것이고, 마지막 '어른십'은 타인의 행복에 기여하고 나눔과 베풂의 리더십을 발휘하는 것을 뜻합니다.

인성교육을 시키려 해도 어떻게 해야 할지 모르는 어른들에게 좋은 지침이 될 것 같습니다. 한국 학생들도 '도덕교육'은 많이 받아 왔는데 왜 '인성'은 부족한 것일까요.

놀랍게도 인성과 관련된 지표에서 3등을 한 항목이 있습니다. 바로 '도덕 지식'입니다. 무엇이 옳고 바른지는 모두 잘 알고 있는 거예요. 학교에서 주입하는 지식만 달달 외웠으니까. 행동으로 나오지 않으니 문제죠. 이건 전 세계의 고민이기도 합니다. 잘하면 칭찬하고 못하면 벌주는 방법, 강압적이고 엄격한 규칙을 강요하는 방법이 과연 효과가 있는지에 대해 미국의 연방정부가 대대적인 연구를 해봤어요. 다 효과가 없었습니다. 감정을 움직여야만 가능합니다.

과학적으로 입증된 방법이 있습니까.

그랜티 연구라고 미국 하버드생들과 빈민촌 청년들을 대상으로 72년간 동시에 비교실험을 했어요. 하버드 졸업장은 첫 번째 직장은 보장해주지만 인생 보장은 해주지 않습니다. 두 그룹에서 모두 마약중독자, 범죄자가 나옵니다. 인생 행복을 보장하는 건 단 한 가지! '관계조율' 능력입니다. 관계를 조율하는 능력이 가장 중요한 실력인데, 이를 위해서는 자기조율 능력이 필요하잖아요.

어떻게 하면 어떤 자극이 오더라도 동물처럼 곧바로 반응을 보이지 않고 현명하게 대처할 수 있을까요.

'6초의 기다림'이 필요합니다. 이성과 감성이 조율되는 시간이 6초래요. 머리와 가슴이 일치되고 조화를 이루고, 감정을 적절하게 표출하고 표현할 수 있는 능력이 발휘되는 시간입니다.

6초, 언뜻 생각하기에는 짧은 것 같지만, 감정이 격해졌을 때는 매우 긴 시간입니다.

6초의 여유를 얻는 구체적이고 과학적인 방법이 있어요. 프로들은 무대에 올라가기 전에 모두 심호흡을 하잖아요. 심호흡하는 데 필요한 시간이 6초예요. 미국에서는 군인들에게 6초 심호흡을 가르쳐요. 심호흡을 통해 생각과 감정을 연결시키는 거죠. 과학적으로 설명하자면, 심장과 허파는 긴밀하게 연결되어 있어요. 심호흡으로 심장과 허파가 조절되고, 신체리듬이 생성돼 나의 감정을 조절해줘요. 그리고 생각으로 넘어가죠. 감정과 생각이 연결됨으로써 내가 선택을 잘할 수 있고, 좋은 행동으로 이어질 수 있는 거예요.

**'나는 욱하는 성격이지만 뒤끝은 없다', 이런 말 하는 사람은 쿨한
게 아니라 인성이 부족한 것이겠군요.**

'욱하는 성격'은 자기 안에 있는 부정적인 감정을 그대로 표
출시키는 나쁜 습관일 뿐이에요. 아랫사람에게 욱하는 사람이 자기
보다 높은 사람 앞에서는 아무 소리 못하죠? 성격이라는 것은 타고
난 것이니까 윗사람들에게도 똑같이 해야 하는데 안 하잖아요. 그건
정말 나쁜 습관인 거예요. 약자에게 강하고 강자에게 약한 비겁한 사
람인 거죠.

화가 나서 참기 힘들 때, 어떻게 내 감정을 해소해야 할까요.

누가 나에게 스트레스를 줄 때, 화를 참아야 한다는 걸 머
리로는 알지만 참기 어렵죠. 여기서 중요한 것은 화가 나는 것은 '감
정'이라는 점이에요. 감정은 매우 자연스러운 현상입니다. 반면 화를
표출하는 것은 '행동'이에요. 자연스러운 게 아니에요. 행동에는 옳고
그른 것이 있고 적절하고 적절하지 않은 것이 있어요. 이것을 뇌과학
을 응용해서 설명해드릴게요. 인간의 뇌 구조는 3단계로 설명할 수
있어요. 맨 아래가 '뇌간'인데, 생명을 유지하는 데 필요한 기능들을
관리하는 '파충류의 뇌'라고 합니다. 뱀에도 이 뇌가 있어요. 그 위에
있는 것이 '변연계'라고 해서 감정을 조절하는 곳이에요. 개도 감정
이 있어요. 인간은 그 위에 '피질'이 있고, 이 때문에 인간답게 생각하

고 행동할 수 있는 거예요. 그런데 누가 스트레스를 많이 주면, 스트레스 받는 사람의 감정이 폭발하잖아요. 바로 '감정의 홍수'라는 상황이에요. 이 상황에선 변연계가 제 기능을 하지 못해요. 그 위의 피질도 작동을 잘 못하게 돼요. 남아서 움직이는 건 '뇌간'뿐이에요. 이 사람의 뇌는 더 이상 인간의 뇌가 아니라 파충류의 뇌가 돼버리는 거죠.

나의 뇌를 스스로 제어하지 못하는 상황이 생길까 봐 두려워요.

뱀이 사람을 만나면 싸우거나 도망가거나, 둘 중 하나를 선택하죠. 욕설, 폭언, 폭행으로 표출하는 게 싸우는 것이고, 인터넷 중독, 자살, 자해하는 게 도피적인 행위에요. 이런 상황에서 스트레스가 더 심해지면 뇌간마저도 기능을 제대로 하지 못해요. 그때 나타나는 모습이 멍 때리는 거예요. 멍해지고 무기력해져서 누가 뭐래도 반응을 보이지 않는 것. '프리즈freeze'라는 현상이에요.

뇌가 작동을 멈추면 삶에 대한 의지도 없어지는군요.

한국에는 유치원생부터 고등학생까지 이러한 상태에 놓여 있는 아이들이 많아요. 문제를 일으키고 싸우고 가출하는 애들은 그래도 살아보려는 의지가 있는 애들이에요. 멍하게 가만히 있는 애들은 삶에 대한 의지를 아예 내려놓은 거예요. 아주 위험한 상태인 거죠. 무조건 화를 참는 것, 과연 괜찮을까요? 지속적으로 참으면, 화병에 걸려요. 미국에서는 화병을 '한국인의 병'이라 명명했어요. 스트레스를 오래 참으면 화병이 생기는데, 이것은 바람직한 자기조율이 아니에요. 이런 식으로 참으면 화는 올라오는데, 내가 그것을 꽉 억누르고 있는 거예요. 화가 안에서 분출하고 있으니까 병이 날 수밖에 없죠. 이것을 오래 하면, 내 마음과 다른 행동을 하게 되겠죠. 바로 '위선'과 '가식'입니다. 점점 내 감정을 무시하고 살게 돼요. 불감증이 심해지면 인격장애가 생깁니다. 생각 따로 마음 따로, 완전한 불감증에 이르는 거지요. 이것을 기가 막히게 잘하는 사람들이 바로 '사이코패스'예요. 남들을 괴롭히면서도 자신은 아무 감정을 느끼지 못하는 거예요.

'화내는 기술'을 배워야겠습니다.

생각만 있고 마음은 죽어 있는 상태는 바람직하지 않은 거예요. 그래서 우리가 적절하게 화를 내기도 해야 합니다. 참는 것은 능사가 아니에요. 파충류처럼 반응을 보일 것이 아니라, 머리와 감정이 서로 조율되어야 합니다. 논리와 심리가 합쳐진 것을 저는 '합리'라고 해요. 머리의 이치와 마음의 이치가 조화되고 조율되는 것이 중요하죠. 학교에서는 머리 쓰는 것을 기가 막히게 잘 가르치는데, 마음을 쓰는 것은 전혀 가르치지 않아요. 그래서 우리 한국의 아이들은 우리가 적절하게 화를 내기도 해야 합니다.
참는 것은 능사가 아니에요.
파충류처럼 반응을 보일 것이 아니라,
머리와 감정이 서로 조율되어야 합니다.
논리와 심리가 합쳐진 것을 저는 '합리'라고 해요.
머리의 이치와 마음의 이치가 조화되고 조율되는 것이 중요하죠.

생각과 마음이 분리되고 찢기고 있어요. 어찌 괴롭지 않겠습니까. 그래서 우리 아이들이 세계에서 '행복 꼴찌'인 거죠.

'합리'에 도달하지 못할 때, '관계조율'에도 실패하게 되지요. 관계 조율을 위한 과학적인 방법도 있을 것 같습니다.

그럼요. 흔히 부부가 성격차이 때문에 이혼을 한다고 하잖아요. 한 연구자가 3600쌍의 부부를 연구해보니 '성격차이'는 주된 이유가 아니었어요. 성격차이 때문에 싸우다가 이혼하는 부부들도 있지만, 오히려 더 잘 사는 부부도 있다는 겁니다. 통계학적으로 5대 5래요. 나이차이도, 자녀와 돈도 문제가 되지 않습니다. 이분은 엄청난 데이터베이스를 가지고 있어서, 부부 한 쌍을 3분에서 5분만 관찰해보면 이 부부가 앞으로 10년 안에 이혼할지 아닐지를 94% 정확도로 예측할 수 있어요.

부부가 이혼에 이르는 가장 큰 문제는 무엇인가요.

바로 '말'입니다. 세상에는 다가가는 말과 멀어지는 말이 있는데, 멀어지는 말이 상대의 마음을 아프게 해서 마음 문을 아예 닫아버리게 하죠. 그러면 소통이 끊기고 관계가 단절돼요. 그 말에 네 가지 독이 존재해요. '비난, 경멸, 방어, 담 쌓기'라는 독이에요. 꼭 입으로 뱉어야 독이 되는 것이 아니라, 이 독을 마음에 품는 순간 얼굴에 다 나타난대요.

비난과 경멸의 표정은 말보다 더 큰 상처를 입히기도 해요.

마음은 93%가 얼굴 표정, 행동으로 나타나요. 입꼬리 한쪽만 피식 올라가는 게 대표적인 경멸의 표정이에요. 그래서 마음을 여는 대화를 해야 해요. 소통의 핵심이 경청과 공감이잖아요? 그런데 경청, 공감의 한자를 보면 '마음 심心' 자가 들어가 있어요. 마음을 여는 게 핵심이에요. 그리고 가슴에 새겨듣는 거예요. 이것은 많은 연습을 해야 얻을 수 있는 실력이에요.

"머리 쓰는 것만이 아니라 마음 쓸 줄도 알아야 한다" ✿

선생님은 원래 교육자가 꿈이었나요.

꿈은 없었지만 꿈같은 유년기를 보냈죠. 어려서부터 우리는 학자 집안이라고 늘 말씀하셨으니까 당연히 학자가 되어야 하는 거구나 생각했어요. 저는 교수치고 특별한 이력을 지녔어요. 초등학교 시절은 늘 꼴찌에서 2등을 했고, 중학교 때는 성적이 나빠서 유급을 당했죠. 대학교 시절에는 학사경고를 받은 적도 있어요. 한마디로 학교 공부에는 취미가 없는 학생이었죠.

**180여 개 대학에서 교수를 대상으로 특강을 한 '교수를 가르치
는 교수'의 이력으론 정말 특이하네요.**

　　저는 유급당할 때까지 공부 못하는 게 창피하지도 않았고
공부 안 하는 게 잘못된 것인지도 몰랐어요. 부모님께서 야단을 치지
도, 걱정하지도 않으셨기 때문이죠. 그저 건강하고 친구랑 사이좋게
지내는 게 최고라고 하셨어요. 학교에 갈 땐 친구와 나눠 먹을 과자를
챙겨주셨죠. 그래서 어린 시절에는 동네 친구들과 맘껏 뛰어놀고 배
불리 먹은 것밖에 기억나지 않아요. 무슨 일을 하든지 어른들 눈 밖
에 나지 말고 친구들의 신뢰를 잃지 말라는 당부만 하셨어요. 그리고
남에게 도움을 줄 줄도 알아야 하지만 도움을 청할 줄도 알아야 한다
고 하셨죠. 머리 잘 쓰는 것만이 능사가 아니라 마음 쓸 줄도 알아야
한다고 가르치셨어요. 그런데 유급을 당했을 때 처음으로 아버지께서
한마디 하셨어요. '두 번은 그렇게 하지 말라'는 당부였고 어머니는 말
없이 고개를 끄덕이셨어요. 아버지 말씀에 전적으로 동의한다는 뜻이
었죠. 그게 다였지만 제게는 충분한 메시지였어요.

**인성교육은 공감할 줄 아는 어른이 곁에 있을 때 저절로 되는 것
같아요. 부모님이 좋은 모델이 되어주셨네요.**

　　우리 아버지는 내과 의사였어요. 1960년대에 미국에 유학
가서 독특하게도 '열대의학'을 전공하셨어요. 한국에 돌아와서 동양

최고의 메디컬 센터 내과의사로 일하셨는데, 말씀을 참 잘하셨어요. 라디오 토크쇼 진행도 하시고, 사람을 좋아하고, 재능도 많으셨어요. 늘 너무 바쁘셨죠. 한국에서는 아버지와 함께한 기억이 없어요. 자메이카 정부에서 아버지를 초청해서 온 가족이 이주를 했어요. 중학교와 고등학교는 자메이카에서 다녔죠. 그곳에서 완벽한 가족 중심의 삶이 시작됐어요. 저녁과 주말은 온전히 가족과 함께 보냈죠. 아버지는 1918년생이시니까, 그 시절의 이야기를 많이 들려주셨어요. 일제 강점기, 6 25 전쟁 이야기를 생생하게 들을 수 있었죠. 중국인, 일본인, 교포, 뱃사람, 웨이터로 일하는 사람… 다양한 손님을 집에 초청해서 음식을 대접하고 대화를 많이 나누셨는데, 손님들과 이야기하실 때 곁에서 들으면 정말 재미있었어요. 레퍼토리는 늘 같았지만 수백 번 들어도 재미있었죠.

부모님께서는 뭔가를 가르치려 애쓰신 게 아니라, 곁에서 보고 배울 수 있게 해주셨군요.

저는 부모님이 사람들과 마음을 나누는 것을 보고 배우며 자랐습니다. 부모님은 잘 사는 방법을 몸소 보여주셨고, 내가 따라 해볼 기회를 주셨으며, 실패하더라도 다시 시도할 수 있는 여유를 허락하셨죠. 인성교육이란 살아 있는 교육입니다. 마음이 살아 있는 교육이 바로 인성교육인 거지요. 인성교육이 제대로 되어야 비로소 인간이 진정으로 살 수 있는 것이니까요.

유급당하던 아이가 교수가 됐어요. 결정적인 영향을 끼친 선생님이 있을 것 같습니다.

제가 늘 하얀 셔츠에 까만 정장바지를 입는데요, 고등학교 때 수학 선생님이 이렇게 입고 강의하셨어요. 그분 덕분에 수학에 눈을 떴어요. 듣다 보면 감탄이 나와요. 칠판에 완벽한 동그라미, 완벽한 직선을 그리는 분이었죠. 유급생이 들어도 흥미를 느끼도록 귀에 쏙쏙 들어오게 가르치셨어요. 그분의 강의법이 정말 신기했고, 아름답다는 생각까지 들었어요. 그때부터 공부에 관심을 갖기 시작했고, 야학에서 수학을 가르치게 되었죠.

마음 쓰는 법을 가르치는 부모님, 공부에 흥미를 가질 수 있도록 이끌어주는 스승이 곁에 있으면 '자기조율', '관계조율', '공익조율' 능력은 자연스럽게 키워지는 것 같아요.

대학에 가서도 노는 버릇은 쉽게 사라지지 않았어요. 친구들과 어울려 다니는 바람에 여러 과목에서 F학점을 받았고요. 그런데 스스로 창피하고 뭔가 잘못되었다는 걸 알아차렸어요. 두 번은 유급을 당하지 말라는 아버지의 말씀에 고개를 끄덕이던 어머니의 모습이 떠올랐기 때문이죠. 무엇이 옳고 그른가, 적절하고 부적절한가에

부모님은 잘 사는 방법을 몸소 보여주셨고,
내가 따라 해볼 기회를 주셨으며,
실패하더라도 다시 시도할 수 있는 여유를 허락하셨죠.
인성교육이란 살아 있는 교육입니다.
마음이 살아 있는 교육이 바로 인성교육인 거지요.
인성교육이 제대로 되어야
비로소 인간이 진정으로 살 수 있는 것이니까요.

대한 부모님의 판단기준은 어느새 내 안에 들어와 있었어요. 친구들과 건강하게 뛰어놀면서 자연스럽게 자기조율을 하고, 타인과의 관계조율을 할 수 있는 능력을 얻었고, 공동체를 우선시하는 공익조율의 가치관도 얻게 된 셈이죠.

기계공학자가 교육학, 심리학을 섭렵하고 교수법의 최고 권위자가 되셨어요. 항상 과학적 방법으로, 연구결과를 토대로 말씀하시니 믿음이 가고 구체적인 희망이 생기는 것 같습니다.

재미있었어요. 공대에서 다른 교수들은 관심 갖지 않는 분야에도 관심을 갖고 학생들의 상담자로 나서니까 학교에서 학생성공센터, 학습센터, 혁신센터를 제게 맡겼고, 저는 전문성을 더 갖추게 됐죠. 성공센터에서 학생들을 훈련시키다 보니 답은 '인성'이라는 결론을 얻었어요. 그때 자기조율, 관계조율, 공익조율의 중요성을 확신하고 체계를 갖추게 되었습니다. 학문적 성과도 얻고, 시스템도 구축했죠.

공대 교수니까 인문사회학에 체계적으로 접근하는 데 유리했을 것 같아요.

센터를 운영하니까 경험과 확신이 생기고, 정말 아이들이 성공하는 걸 눈으로 보게 되었죠. 사례가 쌓였고, 학문적 이론이 현실이 되는 걸 모두 지켜봤죠. 미국에서는 공대 졸업하기가 무척 어려워요. 학생 중 44% 정도만 5년 안에 졸업하죠. 공부를 너무 많이 시키니까 학생들이 다 떨어져나가고 학교는 엄청 손해를 보는 거죠. 어떡하면 학생들이 졸업하고 장기적으로 사회에 나가서도 성공할 수 있을지 고민하던 학교가 '학생성공센터'를 만들었어요. '미래에 성공하는 학생'으로 키우기 위해 신입생 때부터 꾸준히 상담을 받게 하고, 다양한 프로그램을 실시했죠. 그랬더니 졸업률이 급상승했어요. 흑인, 스페인 계통, 원주민 계통 아이들이 공부에 가장 취약해서 그 아이들은 거의 졸업을 못했더랬는데, 프로그램 실시 이후엔 80~90%가 졸업에 성공했어요.

비결이 뭔가요.

그 아이들은 롤모델이 없었던 겁니다. 입학은 무턱대고 했는데, 기초학력도 부족하고 목표도 없고요. 그 아이들에게 자기조율을 가르쳤죠. 기초학력을 다지게 하고, 어떻게 공부하고 생각할 것인가, 시간은 어떻게 관리해야 하는가 등을 상담을 통해 가르쳤죠. 지금보다 조금 더 큰 비전을 갖게 해주고요. 이 아이들을 성장시켜서 롤모델로 키워놓아야 후배들이 보고 배우니까요. 성공할 수 있는 발판을 마련해주는 것이죠.

그는 한국에서도 학생들의 멘토링을 지속하고 있다. 2015년에는

한국 장학재단에서 주는 '최고 멘토링상'을 받았다. 지금까지 30여 명의 대학생들에게 멘토링을 해줬고, 그들에게 '여러분이 받은 멘토링을 자신에게서 끝내지 말고, 받았던 혜택을 많은 후배들에게 나눠주자'고 제안했다. 그 후 학생들의 적극적인 참여로 새로운 프로젝트가 시작됐다. '어떻게 할 것인지' 구체적인 방법은 그들이 스스로 생각하고 실천해 나가는 중이다.

저는 장을 열어주고, 장소를 제공해줄 뿐이에요. 활동 자금은 최우수 멘토링상으로 받은 상금 100만 원입니다. 나는 아무것도 말로 가르치지 않아요. 첫 모임 때, 열 명이 신발을 벗고 들어오니 현관이 엉망이 됐어요. 학생들이 회의에 열중할 때, 조용히 나가서 신발을 가지런히 정리해두었죠. 다음 모임부터는 스스로 신발 정리를 하고 들어오더군요.

"학점이 취업과 직결되는데, 내 아이 인생을 책임질 수 있습니까? 이렇게 무책임하게 점수를 줘도 되는 겁니까?"

학점 이의신청 기간이 되면 학생의 어머니가 항의전화를 걸어올 때가 있다. 원래 B+를 주었던 학생인데, 어머니의 항의전화를 받고 꼼꼼히 학생의 과제와 시험지를 살펴보았다. 표절 의혹은 없는지 다시 한 번 프로그램을 통해 검증도 해보았다. 아뿔싸… 관련 박사논문을 너무 많이 베낀 흔적을 뒤늦게 발견했다. 처음에 부여한 B+는 과한 점수라는 걸 깨닫고 늦게나마 오류를 바로잡을 수 있었기에, 내게 호통을 쳐준 그 어머니께 감사한 마음이 들었다. 나의 실수를 고백하고 점수를 D로 정정해서 통보해야 하는데, 어떻게 전달해야 그 어머니의 충격을 덜어줄 수 있을까 고민했던 적이 있다.

대입 수시모집 대비 '스펙'을 쌓기 위해, 부모들이 아이 대신 자원봉사를 하고 생활기록부에 기재될 봉사시간을 받아오는 사례를 많이 보았다. 필독서는 아이 대신 부모가 읽고 감상문을 작성하여 생활기록부에 올리는 사례도 많다. 아이의 인생을 대신 살아주는 게 '뒷바라지'라고 착각하는 일부 극성 부모들의 이야기가 아니다. 바로 내 친구, 내 친척들의 이야기다. '스스로' 하라고 권고하는 부모는 아이 성적을 배려하지 않는 '무관심'한 부모로 비치고, 원망을 듣기도 한다.

그러나 학교를 졸업하고 사회로 나서는 순간, 인성이 실력으로 발휘된다. 인성교육 없이 길러진 아이들이 인성이 기반이 되는 '집단지성'을 발휘하기란 쉽지 않다. '도덕'시험에 대비해 이론을 외우고 오지선다형 문제를 척척 풀어내는 한국 아이들의 '인성' 점수는 정작 세계 최하위 수준이라는 걸 우리는 어떻게 받아들여야 할까.

40년 동안 한국을 떠나 있었던 조벽 교수는 우리가 미처 보지 못한 문제를 발견하고, 이를 극복할 수 있는 한국인의 장점을 찾아준다.

그에게 더욱 믿음이 가는 것은, 말보다 행동으로 보여주는 멘토링을 지속하고 있기 때문이다.

그를 통해 '행동으로 보여주는 것'의 가치를 새삼 느낀다. 또한 부모 뒤에 숨어서 무엇이 잘못되었는지도 모르고, 오로지 학점에만 목숨 거는 학생들을 보면 '보고 배운 것'의 중요성을 절절히 느낀다. 인성은 부모의 언행을 그대로 보고 배우는 것이다. 예외는 없다. 아이들은 어른의 거울이기 때문이다.

나의 거울인 내 아이. 아이의 모습을 통해 나의 교육방식이 제대로 된 길을 가고 있는지 매일 거울을 들여다보듯 살펴야 한다. 타인과 함께 살아갈 수 있는 관계조율 능력, 집단 속에서 더불어 이로운 가치를 창출할 수 있는 능력, 집단지성을 발휘할 수 있는 능력을 내 아이에게 키워주고 있는가. 그리고 가장 중요한 질문을 던지고 싶다. 지금 나는 내 아이, 내 학생에게 그런 능력을 일깨워주는 어른인가.

그런 능력을 기르는 것이 진정한 '성공'을 이루어내는 길임을 알려 주는 것이, 우리가 물려줄 수 있는 가장 값진 유산 아닐까. '인성이 진정한 실력'이고, 인성교육은 어른이 행동으로 '보여주는 것'임을 기억하자.

다르게 사는 법을
가르쳐준
시대의 스승

황현산, 박상미의 대화

황현산_다르게 사는 법을 가르쳐준 시대의 스승

1945년생. '시대의 낭만 가객이자 엄격한 문학평론가'로 불렸고, '옳은 말'하는 어른으로 존경받았다. 산문집《밤이 선생이다》는 한국의 지성인들에게 큰 사랑을 받은 스테디셀러로 기록되었다. 암 투병 중, 긴 시간을 할애하여 대중에 남긴 마지막 대화가 이 글이다. 2018년 영면에 들기까지 왕성한 번역 작업을 멈추지 않았다.

황현산은 우리 문단을 대표하는 평론가다. 그의 산문집《밤이 선생이다》는 4만 부가 넘게 나갔고 지금도 꾸준한 사랑을 받고 있다. 그는 2013년, 한 남성잡지에서 뽑은 'MEN OF THE YEAR'에 여진구, 엑소, 추신수, 조용필 등과 함께 선정되어 화보 촬영을 하기도 했다.

2014년 가을, 한 신문에 〈잃어버린 장갑〉이라는 동화가 연재되기 시작했다. 작가는 황현산이었다. 동화를 쓰는 그를 떠올리니, 낯설기보다 참으로 어울려서 반가웠다. 그런데 이야기가 무르익어갈 때쯤, 연재는 중단되었고 그의 트위터에 일상의 변화가 감지되는 글들이 올라오기 시작했다. 불안했다.

3월 9일 : 개인사정으로 잠시 트윗을 중단합니다. 두세 주 후에 돌아올 수 있을 것입니다.

4월 15일 : 지루하고 고통스러운 일이 일단 끝났습니다. 그동안 저를 염려하며 기다려주신 분들께 감사드립니다. 사랑이 물이라면 강물이 되어 굽이치고 싶습니다.

그의 아우 평론가 황정산 선생을 통해 현산 선생이 담도암 수술을 받고 요양 중이라는 것을 알았다. 정산 선생과 함께 정릉 현산 선생 댁을 찾았다. 많이 야윈 모습이었지만, 갑자기 찾아든 밤의 시간을 책과 함께 고요히 보내고 계셨다.

존재만으로 힘이 되는 존재

현산 선생은 신문사나 문학 계간지의 등단제도를 통해 데뷔하거나, 이른 나이에 문단의 주목을 받은 사람이 아니다. 45세, 늦은 나이에 평론가로 불리기 시작했다. 문예진흥원이 펴내는 잡지 〈문화예술〉에 번역론을 써서 발표했는데, 문학인이라면 꼭 읽어보아야 할 글로 소문이 나기 시작했다. 불문학자 강성욱 교수 아래서 공부했고, 《얼굴 없는 희망》이라는 책으로 출간되어 세간에 알려진 초현실주의 시인 아폴리네르에 대한 연구로 박사학위를 받았다. 젊은 후배 문인들의 존경과 일반인 독자들의 사랑을 그야말로 '듬뿍' 받고 있는, 지금 우리 문단을 대표하는 평론가다.

내 주변인들만 보더라도 한국 사회에서 '지식인'이라 불리는 사람들은 물론, 문학을 좋아하는 사람들은 《밤이 선생이다》를 꽤 많이 읽은 것 같다. 선생의 문체는 쉽지 않은데도 중독성이 강하다. 그의 책을 한 권 정독한 독자라면, 저자의 이름을 가리고 다섯 문장만 읽어도 '황현산의 문제'임을 알 수 있다. 글을 쓰는 나도 읽는 당신도, 다 옳거나 다 틀린 것은 아니지 않겠는가, 하고 독자가 생각하여 자기 것으로 받아 안을 기회를 주며 조근조근 이야기한다. '아닐지 모른다', '말하기 어려울 것이다', '~일 것도 같다', '반드시 ~만은 아니다'로 끝나는 종결어법이 그 예다.

훈계하고 가르치려 드는 학자와 지식인들의 화법이 지겨워진 시대에, 지적이면서도 다정한 언어로 다층적 사고를 하도록 유도하는 문체는 그의 글을 곱씹게 만든다.《밤이 선생이다》는 글이 짧아서 읽기 좋고, 문체 속에 생각하는 과정과 어떻게 표현할까 고민하는 과정이 다 담겨 있기에 필자와 독자가 함께 사유할 수 있는 광장이 행간에 펼쳐진다. 그의 문장을 빌려 표현하자면, '진실을 꿰뚫으면서도 해석의 여지와 반성의 겨를을 누리는 새로운 문체'를 구사하는 사람이 바로 황현산이다.

그는 1945년 전남 목포에서 태어났다. 부모님은 2남 2녀를 목포에서 낳아 기르며 장사를 해서 나름대로 큰돈을 벌었다. 한국전쟁 때 고향인 비금으로 피난 가서 살다가, 장남 현산 선생이 중학교에 입학할 무렵 다시 목포로 나오셨다.

아버지에 대한 기억은 그리 많지 않다. 무학인 아버지는 평생 고된 노동만 하셨다. 1979년, 65세의 이른 나이에 돌아가신 아버지. 형제는 지금도 아버지를 생각하면 가슴이 아프다. 일제시대에는 공장 노동자였고 그 후 농민, 부두노동자, 건설노동자, 마지막에는 양계업을 하시다가 망했다. 자본이 농촌을 착취해서 농업이 몰락하고, 농민이 일용직 노동자가 되어가는 과정을 아버지의 삶을 통해 보았다.

이런 아버지의 삶은 형제의 삶과 생각에 영향을 미쳤다. 부와 권력을 추구하며 가진 자와 권력자의 편에 서기보다는, 항상 가난하고 소외된 사람들을 먼저 돌아보고 그들 편에서 글을 써야겠다고 생각했다. 그것이 아버지에 대한 효도라고 믿었기 때문이다.

어머니 역시 교육받지 못한 분이었지만 현명하고 지적이며 예술적 감성이 풍부했다. 동네 아주머니들은 집안 문제나 동네 문제를 어머니와 상의했고, 가난했음에도 동네에서 항상 어른으로 대접받는 곧은 분이셨다. 어머니는 책 읽기를 좋아하셨다. 어머니의 문학적 감수성을 수혈받은 형제는 시를 평하는 평론가가 되었고, 형은 가끔 동화를 쓰고, 아우는 시를 쓰기도 한다.

현산 선생에게 남아 있는 유년의 기억은 책이라는 갈고리로 건져 올려야 한다.

제가 초등학교에 다닐 땐 집에도 책이 없고, 학교에도 학생을 위해 비치된 책이 거의 없었어요. 어머니는 이야기를 참 많이 들려주셨는데, 이야기를 들으며 생긴 호기심이 문학적 감수성을 기르고 책을 읽고 싶은 마음이 들게 한 것 같아요. 늘 책 읽는 모습을 보여주셨고요. 다행히 교무실에는 학생들을 위한 백과사전이 있어서 그걸 읽으면서 상식을 많이 익혔죠. 그중에는 국문학 논문집이 한 권 있었는데, 한자가 너무 많아서 어린아이는 읽을 수 없는 책이었지만, 읽을 게 궁했던지라 중간중간에 인용한 한글 소설을 다 골라서 읽기도 했습니다. 저는 다른 애들이랑 잘 어울리지 못했어요. 무엇이든 읽고 싶어서, 동네에 돌아다니는 성인 잡지까지 다 읽었어요. 4~5학년 때에는 동네 사람들 모인 자리에서 옛 소설을 읽었습니다. 예전에 시골에 가면 사람들이 농한기에 사랑방에 모여 새끼를 꼬며 고전소설을 읽어요. 어느 날 저보고 읽어보라고 해서 또박또박 교과서 읽듯이 읽으니까 어른들이 아주 좋아했어요. 그날부터 저녁마다 불려나갔죠. 춘향전엔 야한 얘기가 많이 나왔는데, '그건 어린아이가 읽으면 안 된다' 했다가 '너는 뭔 얘긴지 모를 테니 그냥 읽어라' 그랬어요. 그땐 이미 뭔 얘기인지 다 아는 나이였어요.(웃음) 고전소설, 군담소설들을 읽으면서 깊은 인상을 받았는데, 제 문학 생애에 깊은 영향을 끼쳤으리라 생각합니다.

고등학교 때는 도서실에 책이 5000~6000권 있었다. 서가에 꽂힌 책만 봐도 가슴이 뛰었다. 그 책들을 읽느라 학교 공부는 할 시간이 부족했다. 우연히 만난 랭보 시집은 소년의 가슴에 작은 파문을 일으켰다. 잘 이해하지는 못했지만 어떤 특별한 세계, 마술의 주문과 같은 말이 있다는 사실을 그때 알았다. 우연한 랭보와의 만남은 불문학을 전공하는 계기가 되었다.

불문학과에 간 형이 방학마다 목포에 내려와서 들려주는 문학 이야기는 늦둥이 막내 정산의 가슴에 프랑스 문학에 대한 동경을 불러일으켰다. 13년 뒤에 그는 형이 다니는 대학 같은 과에 입학했다. 아우의 기억 속에는 문학을 사랑하는 형의 모습이 선명하게 새겨져 있다.

서울로 유학 간 형이 방학 때 집에 오면 여러 가지 얘기를 많이 해주었어요. 자신이 생각하는 문학과 세상에 대한 이야기를 알아듣지도 못하는 초등학생 어린아이에게 끝없이 얘기했던 것 같아요. 마치 독백처럼 말이에요. 그리고 무엇보다도 형이 가져온 프랑스 소설들이 제게 영향을 미쳤어요. 알퐁스 도데의 낭만적인 이야기들이 어린 저의 가슴을 요동치게 만들곤 했죠. 언젠가는 〈어린왕자〉를 이야기로 들려주었어요. 마지막에 어린왕자가 뱀에 물려 죽는 이야기를 해주던 형의 목소리와 표정이 기억나요. 슬프고도 아름다워서 눈물을 흘렸죠. 그 기억이 아직도 선명해요.

형은 동생의 문학적 감수성에 불을 지폈다. 한국에서 유일한 평론가 형제. 형은 같은 길을 걷는 동생이 자랑스러우면서도, 동시에 미안한 마음이 앞선다.

문단에서도 늘 '황현산 동생'이라 불리니까 스트레스가 많았을 거라 생각합니다. 같은 재능을 타고났는데, 제가 12년 먼저 써버린 것 같은 미안함이 있어요.

황정산 선생의 이름 앞엔 늘 '황현산 동생'이라는 수식어가 붙는다. 참 불편하고 때로는 자존심도 상한다. 좋을 건 별로 없다. 갑자기 필요한 책이 있을 때 형에게서 빌릴 수 있다는 것 정도 빼고는 말이다. 그래서 가끔은 '황정산의 형이 황현산이지' 하고 농담도 해보지만, 타인들은 애써 황현산의 동생으로 그를 기억하려 든다. 사람들은 더러 형으로부터 문학활동에 큰 도움을 받았으리라 추측하는 말들을 한다. 하지만 도움 받은 것은 하나도 없다. 어렸을 때부터 형과 함께 살아본 적이 없어 '우리 형아에게 이를 거야' 같은 말로 친구들에게 '가오'를 잡아보지도 못했다. 언젠가 아우가 쓴 글에 대해 형이 한 말은 '그런대로 괜찮더라'는 아주 어정쩡한 평가가 전부였다. 그래도 아우에게 형은 존재만으로도 힘이 된다.

사실 저는 형의 혜택을 많이 받았어요. 아버지가 일찍 돌아가셔서 형과 형수 덕에 공부했습니다. 더 이상 바라면 나쁜 사람입니다. 형이 아프고 나니 형의 존재가 제게 얼마나 큰지를 느껴요.

현산 선생은 아우를 믿고 자유를 준 것이라 말한다. 아우가 스스로 성장하도록 지켜보았다. 제자들에게도, 자식들에게도 그는 늘 똑같았다. 아우는 평론가 황현산의 모든 글을 정독하는 독자이자 후배 평론가 중 한 명이기도 하다. 새로운 생각, 대단한 사유도 그렇지만 무엇보다도 품위 있는 현산 선생의 말하기 방식을 누구보다 좋아하고 높이 평가한다.

진보적인 생각을 가진 사람들은 글을 상당히 공격적이고 자극적으로 쓰는 경향이 있다. 그것도 나름의 의미는 있지만, 현산 선생이 쓴 글은 감성을 자극하면서도 편안하게 해준다. 분명한 정치적 입장을 밝힐 때에도 거부감을 주지 않고 품위 있게 말하는 문체가 특히 좋다. 프랑스 상징주의자와 초현실주의를 전공해서 문학세계나 문장이 상당히 모던한데, 그래서인지 문학적인 글에서 현산 선생의 문장은 좀 난해한 편이다. 아우는 언제인가 형의 글을 아주 꼼꼼히 읽고 공부한 적이 있다. 상당히 다층적인 문장이라는 생각이 들었다. 한 문장이 여러 생각을 함축하고 있었고, 하나의 주장 속에 또 다른 주장을 생각하게 만들었다.

한 학생이 연필 한 자루를 도둑맞았다. 교사는 교실의 문을 닫아걸고 학생들에게 책상 위에 올라가 무릎을 꿇고 앉으라고 했다. 모두 눈을 감으라고 했다. 연필을 훔쳐간 학생은 손을 들라고 했다. 손을 들면 벌써 자신의 잘못을 반성한 것이니, 연필만 돌려받고 일체의 죄를 묻지 않겠다고 부드럽고 엄숙하게 말했다. 시간이 무겁게 흘러갔으나 손을 드는 학생은 없었다. 굳어지는 어깨라도 잘못 움직였다간 도둑으로 몰릴까 봐 몸을 떠는 소심한 아이도 있었다. 교사는 마침내 반장을 불러내서 둘이 함께 학생들의 소지품을 검사했다. 바닷가의 가난한 마을에 사는 아이의 책 보따리에서 그 연필이 나왔다. 선생은 비의 자루를 뽑아들고 그 아이를 마구 때리기 시작했다. 학생은 책상 사이로 기어서 몸을 피했으나 매는 등허리와 어깨에 사정없이 떨어졌다. 아이가 두 손을 비비며 소리 질렀다. "미역 갖다줄게, 때리지 마세요. 김 갖다줄게, 때리지 마세요." 선생은 몽둥이를 버리고 밖으로 나가 학교 시간이 파할 때까지 돌아오지 않았다. 교무실에 다녀온 반장이 집에 돌아가도 된다고 말했다. 이 사건은 내가 초등학교 4학년일 때, 우리 반 교실에서 일어났던 일이다. 가난했던 시절이다.

몇 년 전 초등학교 동기 모임에서 친구들이 모여 옛 추억을 꿰맞추는데 서로 간에 기억이 같지 않았다. 그러나 이 끔찍한 사건에 대해서는 모두 그 세부까지 기억하고 있었다. 너나없이 그 사건에서 받은 충격과 상처가 그렇게 컸던 것이다. '미역'과 '김'에 관해서도 이야기를 나누었다. 매를 맞던 동무에게 선생은 산림감시반원이나 밀주단속을 나온 세무서원과 다르지 않았을 것이며, 온갖 핑계로 돈을 뜯어가던 주재소의 경찰처럼 달래야 할 사람이지 존경해야 할 사람이 아니었을 것이다. 그래서 자신에게 떨어진 매가 자신의 소행 탓이 아니라 알맞은 방법으로 권력자의 환심을 사지 못했기 때문이라고 생각했을 것이 틀림없다.

교육 현장에서 체벌을 금지하라는 곽노현 서울시 교육감의 지시가 떨어진 후 그에 관한 찬반의 논의가 계속되고 있다. 위의 이야기가 이 논의를 위한 적절한 예가 될 수 없다는 점은 나도 물론 알고 있다. 그것은 한 교사의 체벌 사건이라기보다는 극심한 가난 속에서 한 아이가 벌인 생존투쟁의 참극이었다고 말하는 편이 더 나을지 모르겠다. 그렇더라도 그날의 교실이 우리가 살아야 할 세상의 한 면을 미리 보여주었다는 점에서는 여전히 교육의 문제가 거기 숨어 있다. 우리는 어린 마음에도 우리가 살아야 할 세상이 결코 행복할 수 없을 것이라고 생각했다. 지금 이 자리에서 나를 포함한 내 동기들의 삶을 놓고 그 행불행을 판단하기는 어렵지만, 우리가 오랫동안 '우리는 안 돼'라는 식의 패배주의를 안고 살아온 것은 사실이다.

— 《밤이 선생이다》 '체벌 없는 교실' 중

문학적인 글의 정수는 이런 문장에 있겠다는 생각이 들었다. 세상을 단순 명확하게 정리하는 것이 아니라, 그런 추상화 속에서 남아 있는 잉여들을 다시 구체적 세계로 불러내는 것이 문학이라면, 바로 현산 선생의 문장들이 그것을 실현하고 있으리라.

현산 선생도 오래전에 시를 쓴 적이 있다. 하지만 학자가 쓰는 시는 좋기가 참 어렵다. 시는 속에 있는 타자가 나와서 말을 해야 하는데, 학자들은 초자아가 강해서 타자가 나오기 어렵기 때문이다. 잘 쓰다가도 교수라는 타이틀이 붙으면 쓰기 힘들어지는 게 시다. 언어의 갈증을 해소할 또 다른 장르가 필요했을까. 그가 쓴 동화 〈잃어버린 장갑〉은 어린 시절을 비금도에서 보낸 소년의 이야기다.

비금도. 지금은 목포에서 쾌속선을 타고 30분이면 갈 수 있지만, 그가 살던 어린 시절에는 사흘 밤낮 노를 저어야 겨우 뭍에 닿을 수 있는 오지였다. 라디오가 딱 한 대뿐이었던 섬. 어린이가 읽을 만한 책도 거의 없었던 섬에서 그는 바람과 바다를 벗 삼아 자랐다. 그의 문학적 원형이 된 환유적이고 상징적인 경험은 모두 그 시절에 했다. 그 추억을 동화로 재현하고 싶다는 꿈을 꾸면서 그의 마음은 비금도의 바람 속에 서 있는 소년으로 돌아갔다.

이야기 속 소년은 장갑을 잃어버리는 꿈을 열 번이나 연달아 꾼다. 선생은 비금도의 일상과 꿈속의 방황을 촘촘히 엮어서 튼튼한 이야기 그물을 짜낸다. 어른이 되어버린 우리가, 내 마음속 어린 나와 만나서 추억을 건져 올리며 치유받는, 어른을 위한 동화다.

꿈 이야기를 쓰고 싶다는 생각을 오래전부터 했어요. 잃어버린 장갑을 꿈속에서 계속 보는 이야기입니다. 환상세계와 현실세계를 교차로 분리시켜 놓았어요. 한 회는 현실, 한 회는 꿈 이야기인데, 현실 이야기는 에피소드이고, 꿈 속 이야기가 일관성 있게 서술됩니다. 비금도에서 보낸 어린 시절 이야기인데, 막내와 공유되는 추억이 없는 게 아쉬워요. 환상세계와 현실세계가 붙어 있다가 나중에 갈라지는 게 보통의 서사구조죠. 그런데 이 동화에서는 갈라져 있다가 혼합되는 방식으로 끝을 맺을 겁니다. 동화는 문학 장르 중 비평에 가장 가까울 거예요. 예를 들면 〈어린왕자〉는 1940년대에 생텍쥐페리가 자본주의와 상업주의에 대항하는 인문학적인 성찰을 담아낸 이야기입니다. 사실 소설이나 시보다 관념을 드러내는 방식으로 쓸 수 있는 게 동화가 아닐까 생각합니다.

탐구할 능력이 결여되면 모든 게 지겨워진다 ❀

〈잃어버린 장갑〉은 그에게 처음이자 마지막 동화가 될 것이다. 번역하는 일에 인생의 남은 시간을 고스란히 쓰고 싶기 때문이다. 아폴리네르 등 프랑스 초현실주의 문학을 전공하고 번역해온 그는 젊은 시인들의 가장 든든한 벗이자 스승이기도 하다. 난해한 시인을 읽는 훈련을 오래한 것이 '난해하다'고 오해받는 젊은 시인들의 시를 이해하는 데 도움이 됐다.

젊은 시인들이 쓴 낯선 시들은 외국 시 흉내를 낸다고 오해받기도 하는데, 그들을 변호해주고 싶었어요. 독자들을 생각해서 쉽게 쓰라고 할 수는 없죠. 그러면 낡은 시로 되돌아갈 수도 있어요. 젊은 시인들의 시를 잘 읽어보면 재미있어요. 그러나 자기가 뭘 쓰고 있는지에 대해 자각하면서 열심히 써야 합니다. 더 중요한 건, 왜 쓰는지를 자각해야 합니다. 자각이 없으면 남 흉내만 내게 됩니다. 내가 하는 일이 무엇인지 자신에게 끊임없이 물어야 합니다. 나이 든 비평가나 시인들 중에는 요즘 젊은 시인들의 시가 자기들이 감동적이라고 생각하는 시와 다르다고 화를 내는 사람들이 있어요. 우리는 도스를 썼는데 왜 너희들은 윈도우즈를 쓰느냐고 화내는 것과 다르지 않습니다.

현산 선생은 트위터와 페이스북을 통해서 대중과의 소통도 활발히 하고 있다. 그는 같은 사안을 두고도 '다르게' 생각하고, 누구보다 '젊은' 사유를 하는 보기 드문 어른이다. 선생께 듣고 싶은 이야기가 많았다.

현산 선생님, 선생님의 글을 읽으면 제 자신을 반성하게 될 만큼 사유가 젊으십니다. 저도 다음에 선생님처럼 현명한 어른으로 나이 들고 싶습니다. 나이 들수록 어떤 노력을 해야 합니까.

얼마 전, 광화문에서 택시를 탔는데 기사가 저보다 나이가 많았어요. 어버이연합 집회 현장을 지나가게 되었는데 그분이 말씀하시기를. 나이가 들면 몸도 머리도 젊었을 때만 못한데 고집이 세어져서 문제라고 하더군요. 몸과 정신이 쇠하면 그걸 자각하고 인정해야 합니다. 늘 책을 읽고 다른 사람 말을 듣는 연습을 해야 합니다. 결국은 삶의 태도가 민주적이어야 합니다. 쇠한 것을 나이라는 권력으로 메우려 하면 안 됩니다. 나이가 들수록 듣는 연습을 해야 하고, 토론을 해야 합니다. 그렇지 못하면 그게 바로 노망 든 것이겠지요. 세월호 이야기가 지겹다고 말한 사람이 60대 이상에서 65%였다고 합니다. 늙으면 모든 것이 지겨워지는 법이지요. 이어서 치매가 오고 저 자신이 지겨운 인간이 되게 마련입니다. 사실 60대 이상은 우리 사회에서 가장 불행했던 사람들입니다. 어린 날을 전후의 굶주림 속에서, 젊은 날을 군사독재의 억압 속에서 보냈지요. 사는 것이 상처였어요. 노인층의 보수화는 이 상처에 대한 자기치유법인지도 모릅니다. '사는 게 다 그렇지'라는… 좀 다르게 사는 법을 배워야 합니다.

다르게 사는 법을 배우려면 어떤 노력을 해야 합니까.

배우기를 멈추지 말고 참신하게 생각하도록 노력해야 합니다. 가장 중요한 게 책을 읽는 것입니다. 내가 이제 70인데, 요즘은 책을 잡으면 그 책의 저자는 거의 나보다 젊은이들입니다. 고전작가라 하더라도 그가 나보다 젊었을 때 쓴 글이지요. 제가 브르통의《초현실주의 선언》을 번역했을 때, 육순 노인이 왜 20대 젊은 애의 글을 번역했느

몸과 정신이 쇠하면 그걸 자각하고 인정해야 합니다.
늘 책을 읽고 다른 사람 말을 듣는 연습을 해야 합니다.
결국은 삶의 태도가 민주적이어야 합니다.

모든 인생에는 의미가 있다

냐는 질문을 받았어요. 브르통이 살아 있다면 지금 백 살도 넘었죠. 어떤 아름다움, 어떤 진실이 한 지성을 통해 생성되고 나타난 것이라고 생각해야 합니다. 나보다 어린 애들이 쓴 글이라고 생각하는 순간 문제가 시작됩니다.

나이 들수록 누구나 자기 생각이 완고해진다. 타인을 배려하고 열린 생각을 가진 사람이라면, 청년 때보다 더 멋진 모습으로 노년을 맞는 것 같다. '저렇게 나이 들 수 있다면, 늙는 게 두렵지 않다'는 생각이 들게 한다. 하지만 많은 사람들이 시간이 흐를수록 고집 센 노인으로 변한다. '나이의 향기'를 풍길 수 없는 사람들이 '나이의 권력'을 탐하는 것 같다.

책을 많이 읽어야 합니다. 그런데 오래전에 손에서 책을 놓은 사람들이 많습니다. 그러면서 여전히 지식인 행세를 하지요.

서점에 가보면, 고전이나 인문학 책은 인기가 없고 자기계발서들이 베스트셀러 가판대를 차지하고 있습니다. 현대를 사는 우리들이 고전을 읽어야 하는 이유는 무엇입니까.

고전이라고 하는 것은 인류문명이 자리 잡기 시작할 때 나온 책들이거든요. 고전은 생산성이 굉장히 높습니다. 인생 전반에 관한,

세계 전반에 관한 문제를 다루고 있기 때문에 깊이 있고 폭넓게 사유하게 하고, 창조적인 능력을 길러준다고 생각합니다. 그런데 자기계발서는 그 당시 사회가 요구하는 사안들, 오직 눈앞에 있는 문제, 눈앞에 놓인 욕망, 눈앞에 있는 사회의 요구와 연결되어 있지 않습니까. 고전이라는 것은 인간 자체가 자유롭게 되기 위해 읽는 것이고, 계발서는 대개의 경우 인생의 노예가 되기 위해 읽는 것이라고 생각합니다."

청년들에게 좋은 책을 권해주십시오.

제가 읽으라고 권하는 책은 소포클레스의 〈오이디푸스 왕〉입니다. 살아 있는 자기를 어떻게 성찰할 것인가 하는 문제가 그 책에 가장 잘 드러나 있다고 생각합니다. 영국의 방랑학자 패트릭 리 퍼머가 쓴 펠로폰네소스 남쪽 오지의 답사기 《그리스의 끝, 마니》도 추천합니다. 발칸반도의 역사, 문명, 문화를 정말 치밀하게 쓴 책입니다. 저도 서양학을 공부한 사람인데, 내가 서양에 대해 아는 게 무엇이었던가 싶은 생각이 들었습니다. 또한 최근에 나온 클라우디오 마그리스의 《다뉴브》도 좋습니다. 이 책들은 피상적인 지식에 머물지 않고 현상을 깊이 들여다보는 책들입니다.

인문학 책을 읽는 사람은 많지 않은데, '인문학'이라는 이름을 붙인 토크쇼, 콘서트에는 사람들이 몰립니다.

모든 학문과 생각 체계는 자기들의 삶의 전통과 삶의 과정 속에서 만들어집니다. 식민지 경험 때문에 한국인들에겐 모든 게 강제적으로 주입되었습니다. 이게 실제로 우리의 아픔이지요. 가장 중요한 점은 근대화를 자주적으로 할 수 없었다는 것입니다. 식민지를 통해 근대화된 게 비극입니다. 자주적으로 자기 삶을 개선할 기회를 빼앗겼습니다. 밖으로부터 온 것이기에 어떤 충격만 받으면 옛날로 돌아가려는 성향이 있어요. 민주화 운동하는 사람이 족보 따지고, 진보적인 사람들이 모인 자리에서 학연 지연 따지는 모습을 저는 많이 봐왔습니다. 자유-평등의 개념이 내 삶 속에서 성장한 것이 아니니까 헛것으로 떠돌 뿐입니다. 인문학 열풍도 마찬가지입니다. 지젝이 한마디 하면 다 그리로 쏠려가고… 간단한 외부적 충격만 있어도 갈피를 못 잡고 휩쓸려갑니다. 자기 경험을 통해 이해하는 게 중요합니다. 이를테면 지젝의 이론을 알고 싶으면 그의 책을 읽고, 그 이론을 자기 경험 속에서 이해하고, 그 이해를 넓혀 또 다른 자기 사고로 확장시켜야 합니다.

천천히 읽고 자주적으로 깊이 생각해야겠습니다. 공부는 어떤 마음자세로 해야 합니까.

우리가 부품 같은 걸 맞출 때 딸그락 소리가 나면서 아귀가 맞지 않습니까? 시를 번역하고 해석할 때도 잘 번역하면 그런 소리가 납니다. 그렇지 못하면 뭔가 이상하고 불안하죠. 모든 학문이 그럴 것입니다. 내가 이렇게 읽는 게 맞느냐? 이해가 안 되면 마음에 걸려야 하는데, 자기합리화하고 그냥 넘어가는 경우가 많습니다. 그게 버릇이 되면 안 되지요. 늘 민감해야 합니다. 마음에 걸리면 항상 다시 찾아서 공부하는 성실함, 부지런함이 필요합니다. 자기 자신을 속이지 않기는 어렵습니다. 위험한 자기합리화에 맞서려면 엄중한 자기검열을 해야 합니다. 자기검열을 두려워하지 않을 만큼 용감해져야 하고, 이런 자질을 연마해야 합니다. 공부하거나 글을 쓰거나 그런 자세로 해야 합니다. 공부뿐 아니라 모든 분야가 다 똑같습니다.

아폴리네르를 주제로 석사 논문을 쓰실 때, 5년 동안 그의 전집을 읽고 나서 논문을 쓰셨다고요. 학문하는 사람으로서 부끄러움을 감출 수 없었습니다. 공부하는 사람 개인의 자세도 문제이지만, 공부하고 싶어도 사회에서 낙오될 것이 두려워서 빨리 논문을 쓰고 졸업을 서둘러야 합니다. 학자들은 논문을 많이 써야만 하는 대학의 평가구조 때문에 좋은 논문을 쓰기 어렵습니다.

제가 석사학위 논문을 쓰는 데 5년이 걸린 것은, 그의 전집을 꼼꼼히 읽지 않고 논문을 쓴다는 것이 말이 안 된다고 생각했기 때문입니다. 능력이 모자라니 시간이 오래 걸린 것입니다. 하지만 많이 읽으면 생각할 시간이 많아지는 장점이 있습니다. 요즘 젊은 연구

늘 민감해야 합니다.
마음에 걸리면 항상 다시 찾아서 공부하는
성실함, 부지런함이 필요합니다.
자기 자신을 속이지 않기는 어렵습니다.
위험한 자기합리화에 맞서려면
엄중한 자기검열을 해야 합니다.
자기검열을 두려워하지 않을 만큼 용감해져야 하고,
이런 자질을 연마해야 합니다.
공부하거나 글을 쓰거나 그런 자세로 해야 합니다.
공부뿐 아니라 모든 분야가 다 똑같습니다.

자들을 보면 열정도 많고 공부도 열심히 합니다. 다만, 대학의 제도가 문제인 것 같다는 생각이 듭니다. 학위에 대한 개념도 옛날과 달라졌고, 논문에 대한 인식도 달라진 것 같습니다. 예전에는 석사건 박사건 일정한 능력을 갖추고 논문이 합격하면 독립된 연구자로 인정했는데, 요즘은 학위 논문이 졸업장과 같고, 논문을 쓰는 것이 졸업절차가 돼버렸지요. 또한 한국의 연구실적 평가는 양적 평가에 치중되어 있습니다. 그래서 연구자가 자기 학문의 신념을 가지는 것이 예전보다 어렵습니다. 학문할 용기를 내기가 어려워지고 있습니다.

요즘 대학들은 철학과, 역사학과, 국문과와 같은 인문학 계열 과들을 없애고, 콘텐츠, 미디어 등의 이름을 조합해서 새로운 과들을 만들어내고 있습니다. 어떻게 생각하시는지요.

그것은 고등학교의 교육이 잘못되었기 때문입니다. 그 과에서 무엇을 배우는지 모르는 것이 문제입니다. 우선 콘텐츠니 뭐니 영어로 이름을 붙이면 학생들이 지원을 많이 합니다. 대학은 기업이 요구하는 인재를 양성한다고 그러는데, 기업이 요구하는 인재가 인문학과에는 없고 왜 경영과나 경제과를 나와야만 한다고 생각하는 것인지. 기업가나 정부나 권력자들이 가지고 있는 인식 자체에 문제가 있다고 생각합니다. 대학이 기업화되면서 이런 문제들이 심화되고 있습니다. 고등학생들만 대학에서 무엇을 배우는지 모르는 게 아니라, 대학 총장마저 대학의 인문학과에서 무엇을 배우는지 모르는 경우가 많은 것 같습니다.

대학은 취업학원이 되어가고 있는 것 같습니다. 근본적인 문제는 무엇일까요.

모든 게 깊이가 없어서 그렇습니다. 대학에서 깊이 있게 생각할 수 있는 방법을 배워야 하는데, 교수도 학생도 그걸 피해온 것입니다. 공부를 안 하고 현상에만 머물러 있지 말고 내공을 쌓고 공을 들여야 합니다.

깊게 생각하는 법을 가르치지 못하는 대학의 현실이 안타깝습니다. 비단 노인뿐 아니라 대학생들 중에도 세월호 이야기가 지겹다고 말한 학생이 40%가 넘는다고 합니다. 4·19 정신, 5·18 민주화항쟁에 관한 내용을 수업에서 다루어도 예전과 같은 관심이 없습니다. 심지어 '일베' 활동을 한다고 떠벌이는 대학생을 강의실에서 만난 적도 있고요.

사물의 현상 밑으로 내려가서 탐구할 수 있는 능력이 결여되면 모든 게 다 지겨워집니다. 어떤 사태의 깊이를 파악하는 건 힘이 드는데 일베가 되면 그 힘이 면제됩니다. 일베는 젊은 날의 덫이 되기 쉽습니다. 그들을 가만히 보면, 사람들에게 싸움을 시킴으로써 정말로 지탄받아야 할 사람들이 피해가는 문화를 만들어내고 있습니다. 그런 사람들은 어떤 이념 속으로 들어가기만 하면 되는데, 그것이 엉성한 이념일수록 더 매혹적입니다. 생각하기 싫어하는 사람들, 생각을 겁내는 사람들은 말도 안 되는 생각 하나를 붙들고 무슨 짓이든 하려고 하는데 그 사람들이 바로 일베인 것 같습니다. 그들은 본질적으로 자신감이 없고 비열하기 때문에, 여성과 같은 약자들을 학대하는 데서 가장 손쉬운 패악질을 발견합니다. 패거리 의식은 이 약자 괴롭히기를 이데올로기로 만들고, 옆에서 부추기는 사람이 있으면 급기야 '애국질'을 시작하는 것입니다. 그들은 어떤 패악질도 두려워하지 않지만, 혼자 남으면 자괴감에 빠집니다.

논리보다는 '애국심'이라는 명분만 앞세운 감정적인 행동을 하는 경우를 많이 봅니다. 예컨대 일본을 대할 때에도 그렇죠. 한국과 일본의 과거사 문제를 대하는 우리의 자세에 대해 얘기해보고 싶습니다.

며칠 전 아들과 산보를 갔다 오다가 택시를 탔는데, 네팔 지진 얘기가 나오니까 기사님이 일본이 저렇게 망해야 한다고 하더군요. 그런데 조금만 합리적으로 생각해보면 일본이 망해서 우리에게 도움되는 게 뭐가 있겠습니까? 한국과 일본 사이에는 감정적인 문제가 너무 많이 결부되어 있어요. 이것은 일본인, 한국인 모두에게 해롭습니다. 과거를 정확하게 기술해야 합니다. 일본인들 입장에 서서 한국문제뿐 아니라 2차 대전 때 열강과 일본의 관계도 생각해보아야죠. 미국, 러시아 같은 열강과의 관계에 대해서 일본도 할 말이 많습니다. 하지만 우리가 일본 입장에서 생각해본 적은 없습니다. 객관화하지 않으니까 그렇습니다.

과거를 객관화하지 못하는 건 한국, 일본 양국이 마찬가지인 것 같습니다.

과거라는 게 무엇입니까. 과거에 대한 현재의 일본은 과거의 일본에 대한 주체이기도 하고, 과거를 딛고 일어선 타자이기도 하죠. 주체이면서 동시에 타자인 것이 과거입니다. 타자로서 객관화시켜 보면 많은 문제가 해결됩니다. 그러나 일본과 한국은 그걸 못했습니다. 이런 문제를 잘못 말하면 친일파로 몰립니다. 우리를 비롯해 동양인들 대부분이 과거를 객관화하는 데 서툽니다. 과학적 사고능력의 부재 때문입니다. 모든 문제에 선입견과 감정이 앞서면 토론이 불가능합니다. 과거의 문제로 일본의 사과를 요구할 필요가 없다는 게 제 생각입니다. 사실을 인정하기만 하면 됩니다. 국가와 민족을 떠나, 순전하게 사람의 입장에서 그 죄를 객관화하는 것이 중요합니다. 이 죄악의 객관화에 한국보다도 오히려 일본 미래의 행-불행이 달려 있습니다.

지겨운 인간이 되지 않기 위하여 ❊

지도자의 화법은 어떠해야 하고, 어떤 수련을 해야 합니까.

지도자의 말하기 방식은 논리적으로 문법에 맞아야 합니다. 그게 가장 중요합니다. 또한 그 말에는 진심이 담겨야 합니다. 그 두 가지가 안 되면 유체이탈 화법이 되는 것입니다. 논리적인 문법으로 정확하게 말하면 국민들이 알아듣습니다. 무슨 소린지 모를 말을 우물거리고는 못 알아듣는다고 타박해서는 안 됩니다. 그건 남의 말, 남의 글을 듣지도 읽지도 않고 자기 말만 하는 사람의 전형적인 증상입니다. 권력자는 가장 저열한 한국어를 뱉어놓고 어디서 얻어들은 조각 지식으로 선생질을 하려 듭니다. 현명해서 권력을 갖게 된 게 아닙니다. 대개 권력을 가진 사람은 자기가 똑똑하다고 속는 경우가 많습니다. 그러면 본인과 다른 사람들 모두가 불행해집니다.

논리적으로 문법에 맞게 말하고, 글을 잘 쓰려면 어떤 노력을 해야 합니까.

먼저 상투어를 안 쓰면 글을 잘 쓰게 됩니다. 상투어를 안 써야만 상투적 문장형식, 상투적 표현방식을 피할 수 있지요. 번역도 글쓰기입니다. 단어나 문장을 보고 '이것은 상투적인 말'이라고 판별할 수 있으면 번역도 잘하고 글도 잘 쓰게 됩니다. 예를 들어 '달이 떴다'

라는 문장에서 '달이 휘영청 떴다' 이렇게 번역하는 번역자들이 있어
요. 이것은 감각이 부족한 것이죠. 글을 많이 쓰지만 잘 쓰지는 못하
는 사람들은 자기가 글을 못 쓴다는 자각이 없습니다. 습관에 젖어
있기 때문이지요. 글의 중요한 기능 가운데 하나는 말을 성찰하는 것
입니다.

글을 잘 쓰려면 번역을 하라고 말씀하신 글을 읽었습니다.

번역을 하다 보면 상투적인 것에 대한 판별력이 늘어납니다.
자신에게 주어진 모국어, 언어를 최대한으로 활용할 수 있는 능력이
생기고 훈련이 됩니다. 번역은 외국어에 서툰 사람을 위한 대체 텍스
트 만들기로 끝나지 않습니다. 한국어로 셰익스피어를 번역한다는 것
은 한국어로 셰익스피어를 읽게 하는 일이기 전에, 한국어 '안에' 셰익
스피어가 있게 하는 일이지요. 셰익스피어를 번역하기 전과 후의 한
국어는 다릅니다. 저는 제자들에게 글을 쓰거나 번역을 할 때, 단어
하나하나를 엄격하고 자유롭게 쓰라고 말합니다. '엄격하게'는 그 뜻
과 용법에 맞게 하라는 뜻이고, '자유롭게'는 인습적 문맥을 벗어나
새로운 문맥, 새로운 문장 환경에서 그 뜻이 완벽하게 발휘되게 하라
는 뜻입니다. 자기 안에 있는 모국어를 최대한으로 활용하는 글쓰기
가 번역입니다.

초현실주의가 전공이신데, 현대문학에 미친 초현실주의의 영향
은 무엇일까요. 또 그것을 잘 보여주는 한국 작가는 누구인가요.

초현실주의는 1950년대에 사망선고를 받은 문예사조라고
말할 수 있습니다. 그렇지만 초현실적인 성질을 가진 것은 문학과 특
히 미술에서 계속 살아남았죠. 문학에서는, 특히 시의 경우에는 초현
실적이라는 말과 시적이라는 말이 거의 같은 뜻으로 쓰이다시피 합
니다. 초현실주의가 가지고 있는 상상력 원칙은 문학과 회화에서 여
전히 살아남았고, 굉장히 강력한 힘을 가지고 있습니다. 젊은 시인들
이 대개 거기에 속한다고 생각하고요. 남자들은 대부분 사회적으로
주어진 이데올로기에 충실합니다. 여자들의 경우는 사회에 길들지 않
고 그걸 뛰어넘는 어떤 것이 있습니다. 특히 한국의 여성 시인들 시에
초현실주의적인 경향이 나타납니다.

앙드레 브르통의 《초현실주의 선언》, 스테판 말라르메의 《시집》,
기욤 아폴리네르의 《알코올》, 드니 디드로의 《라모의 조카》를 번역
하는 대작업을 끝내셨는데요. 신문 칼럼도 쓰셔야 하고, 〈잃어버린
장갑〉 동화도 완성하셔야 하니 무척 바쁘실 것 같습니다. 앞으로는
어떤 작업을 할 계획이신가요.

보들레르 《악의 꽃》, 랭보 전집과 로트레아몽 전집, 말라르메
전집 등을 번역하는 데 시간을 쓸 것입니다. 동화는 그 한 편만 완성

할 것이고, 신문 연재도 끝낼 것입니다. 저만이 할 수 있고 저만 관심을 가지고 있는 책들을 번역하는 데 집중해야 합니다.

담도암 수술을 받은 후 항암치료를 받고 있는 선생 곁에는 도예가 아내와 아버지를 무척 닮은 아들과 딸이 있었다. 아버지와 작은아버지처럼 문학을 전공했으리라 예상했으나 아들은 경제학자가, 딸은 연극배우가 되었다. 딸 황은후는 〈그리스의 연인들〉, 〈갈매기〉, 〈왕과 나〉를 통해 개성 강한 배우로 이름을 알리고 있다. 아들 황일우는 미국 마이애미 대학교 경제학과 교수가 되었다. 그는 아버지를 '말이 잘 통하는, 닮고 싶은 선배'라고 말한다.

학자로서의 아버지는 '무리하지 않되, 꾸준히 공부하는 것'에 대한 중요성을 항상 강조하세요. 학교에서 늦게까지 회식이 있어도 집에 오시면 꼭 한두 시간은 책상 앞에 앉아 공부하신 후 주무시는 모습을 보면서 컸습니다. 현실 세계를 명확하게 분석하면서, 동시에 더 나은 세상에 대한 믿음을 가지는 철학을 몸소 보여주셨죠. 아버지는 항상 젊고 유연한 태도를 유지하시고, 식구끼리는 항상 농담을 주고받습니다. 말이 잘 통하는 좋은 선배 같아요. 훈계하거나 야단을 치신 적은 한 번도 없어요. 그런 아버지의 모습을 닮고 싶다는 생각을 하며 자랐어요. 앞으로도 닮아가고 싶고요. 글도 마찬가지인 것 같아요. 닮고 싶으니 더 신중하게 글을 쓰게 되는 것 같아요. 최근엔 맥북에

어 사용법을 익히느라 열심이십니다. 충고보다는 직접 당신의 삶의 태도를 통해 가르치시는 분입니다.

요양 중에도 매일 글쓰기에 몰두하고 계신 선생은 얼마 전 보들레르의 산문 시집 《파리의 우울》을 보내주셨다. 《파리의 우울》 마지막에 이런 문장이 나온다. '그(보들레르)는 자기 시대의 산문적 현실에서 건져 올린 산문적인 언어를 시의 높이로 끌어올리는 시인이다.' 선생이 아니었다면, 보들레르의 산문시가 지닌 삶의 진정성을 끝내 알지 못했을 것이다.

어른을 만나기 힘든 시대. 어른을 찾아가서 끊임없이 묻고 지혜를 구하고 싶었다. 책 읽는 어른들과 대화하는 시간은 얼마나 풍요로운지 모른다. 한 분야의 대가가 된 어른들을 만나서 대화를 나누다 보면 공통점을 발견하게 된다. 청년들보다 더 참신한 생각을 하고, 늘 새로운 도전을 한다는 것이다. 그 에너지의 원천은 '독서'였다.

청년들이 책을 안 읽게 된 것은 모두 어른들의 책임이다. 스타벅스의 5000~6000원짜리 커피는 즐겨 사 먹어도, 인문교양서적은 둘째 치고 전공서적 사는 것도 아까워하게 된 것은 청년들의 잘못이 아니다. 2만 4000원짜리 스타벅스 신상 텀블러를 사기 위해 영업 개시 전부터 길게 줄서서 기다리는 것은 즐거워도, 1만 3800원짜리 철학서는 비싸다고 투덜거리게 된 것도 청년들의 잘못이 아니다.

초등학교 때부터 학교 지정 필독서만 읽고, 감상문 숙제는 논술학원에서 지도를 받은 후 제출하게 하고, 중고등학교 때 수행평가로 독서감상문을 내게 하면 학원 선생님에게 대필을 부탁하거나 '레포트 월드'에서 친절히 구입까지 해주었던 열성 부모들의 잘못이다. 그들이 그렇게 할 수밖에 없도록 교육 시스템을 만든 교육계 어른들의 잘못이다.

학생들과 자유롭게 묻고 대답하는 이야기 카페 '고민 사전'에 오랜만에 들어가니 재미있는 질문들이 올라와 있었다. "왜 고리타분한 고전을 읽어야 하죠? 권장도서 읽기에 도전해봤지만, 매번 폭풍 졸음이 쏟아져요." "왜 나이 들면 어른들은 꼰대가 되죠?"

이때다 싶어서 답글을 올렸다.

저는 강의를 하면 할수록, 글을 쓰면 쓸수록 독서가 부족하다는 생각이 들고, 고전을 읽어야겠다는 생각이 간절해집니다. 저는 다양한 글을 쓰는 문화평론가이고, 대학에서는 커뮤니케이션과 스토리텔링을 가르칩니다. 겉보기엔 서양의 학문을 공부해야 할 사람으로 보이지요. 그런데 동양고전에서 답을 얻을 때가 많았습니다. 요즘 저는 〈논어〉, 〈대학연의〉, 〈심경부주〉를 읽고 있어요. 〈논어〉 속에는 사람을 보는 법과 배우는 것의 중요성이 상세히 나와 있습니다. 진짜와 가짜를 구분하는 법, 위선을 경계하는 법, 말과 행동의 중요성 및 구체적인 지침과 '불혹不惑'하는 법을 예시를 통해 보여줍니다. 〈논어〉를 공부하면서 또 한 번 놀란 것은, 〈논어〉에는 불필요한 글자가 한 자도 없다는 것입니다. 기획서, 칼럼, 논문을 잘 쓰고 싶은 사람은 물론 핵심을 간결하게 표현하는 글쓰기 훈련을 하고 싶은 사람은 〈논어〉를 정독하시길 권합니다. 기원전 450년경에 저술된 이 책에서 현대사회를 살아가는 '실용적인 지혜'를 배운다는 게 참 흥미롭지 않습니까?

요즘은 리더십 관련 실용서들이 잘 팔린다더군요. 그런데 동양고전을 읽다 보니 그 속에 리더십에 대한 답이 다 있어요. 군주가 받은 교육을 통해 한 시대가 결정되므로 군주의 리더십을 평가하려면 그가 어떤 교육을 받고, 어떤 책을 읽었는지 보라고 하더군요. 현명한 왕 세종대왕이 어떤 책을 읽었는지 너무나 궁금했습니다. 세종뿐 아니라 조선 왕들의 필독서였다는 〈대학연의〉라는 책이 있다는 것을 알고서는 안 읽을 수가 없었지요.

중종실록에는 "어제 경연에서 부제학이 〈대학연의〉는 이미 진강하였으며, 진덕수가 지은 〈심경〉도 공부하는 데 매우 관계가 있다고 하였으니, 들여오도록 하라"는 구절이 있고, 현종실록에는 "〈심경〉, 〈대학연의〉에 전심하여 급선무로 삼는 것이 더 나을 것입니다"라는 구절이 나오더군요. 그러니 자연스레 〈심경〉도 읽을 수밖에요. 송나라 정치가이자 학자인 진덕수가 썼다는 두 권의 책 속에, 지도자가 갖추어야 할 자세와 마음가짐의 요체가 담겨 있었습니다. 이렇게 관심 분야의 책을 정독하다 보면 다음에는 어떤 책을 읽어야 할지, 독서지도를 스스로 그리게 됩니다.

독서는 지도coach받는 것이 아니라, 스스로 지도map를 그릴 수 있어야 합니다. 그때 인생이 달라집니다. 필독서로 지정된 책만 읽고, 자기계발서만 읽다 보면, 정작 나 스스로 창조적인 생각을 할 기회를 놓치게 돼요. 고전은 읽으면 읽을수록 협소한 현실을 초월해서 거시적 안목으로 내 인생을 설계할 수 있는 해방감을 맛보게 됩니다.

학생들을 학교에 가두기보다 책을 많이 읽고 많은 사유를 하고 토론할 수 있는 장을 열어주는 게 어른들이 할 일인데, 이 땅의 청년들에게 그런 장을 열어주지 못한 어른들의 책임이 큽니다. 책을 읽고, 현명한 어른을 찾아가서 대화를 많이 나누면 '다르게 사는 법'을 배울 수 있습니다.

여러분, 어른들이 시키는 대로 입시 공부, 취업 공부만 하다 보면, 우리가 제일 싫어하는 '꼰대'로 나이 들게 됩니다. 농익은 '나이의 향기'를 풍기는 어른이 될 것이냐, '나이의 권력'을 탐하는 꼰대가 될 것이냐, 우린 고민해야 합니다. 꼰대의 탄생은 이리 쉽고 간단한 것입니다. 책을 안 읽으면 됩니다.

황현산 선생을 만나고 깨달은 게 있다. 자기검열을 두려워하지 않는 용감한 자세를 가져야 하고, 공부는 수도승이 수련하는 것처럼 해야 한다는 것이다. 선생은 공부도 글쓰기도 수도승의 마음으로 하는 사람이었다. 학자의 깊은 사유 과정이 고스란히 담겨서 읽는 이의 다층적 사고를 유도하는 그의 문체는 수도승과 같은 마음가짐으로 공부하는 데서 비롯된 것이었다.

책을 읽지 않는 사람들이 지식인 행세를 하니, 고집이 세어지고 훈장질만 하려 든다. 잘 모르는 게 있으면 모르는 것을 인정하고 파고들어 공부해야 하는데, 대충 이해하고 자기합리화에 능해져서 자기검열을 외면한다. 자기검열을 두려워하지 않을 만큼 용감해질 때, 내가 정성을 쏟는 분야에서 나의 가능성을 꽃피울 수 있을 것이다.

수도하는 마음으로 학문에 평생을 바친 사람은 정직하고 겸손했다. 늘 공부하는 사람은 새로운 일에 도전하고 꿈꾸기를 멈추지 않았다. 말로 가르치지 않고, 행동으로 가르치는 진정한 '스승'의 모습을 그에게서 보았다. 녹음해온 선생의 목소리를 글로 옮길 때 나도 모르게 의자 위에서 무릎을 꿇게 된 이유다.

이름 없는 인생에
의미를 부여하는
연금술사

신경림, 박상미의 대화

신경림_이름 없는 인생에 의미를 부여하는 연금술사

1936년생. 《농무農舞》, 《가난한 사랑노래》, 《길》, 《어머니와 할머니의 실루엣》, 《목계장터》, 《낙타》, 《모두 별이 되어 내 몸에 들어왔다》 등의 시집을 낸 대한민국 대표 시인이다. 90년대 밀리언셀러로 유명한 《혼자만 잘 살믄 무슨 재민겨》의 저자 전우익 선생과 가장 친한 벗이었으며 그와 나눈 시간들은 서로의 인생과 글에 큰 힘이 되었다.

시인과의 만남은 세 번째였다. 열일곱 살 때 동국대에서 열린 백일 장에서 시인을 만났다. 무궁화호 밤 열차를 타고 부산에서 서울까지 올라온 나는 백일장이 열리는 오전 내내 잠이 쏟아져서 원고지 위에 엎드려 잤던 것 같다. 키 작은 할아버지 한 분이 다가와서 '일어나서 글을 써야지' 하고 깨워주었는데, 나중에 시상식장에서 보니 그분이 신경림 시인이었다. 다행히 상도 하나 받아서 상금 30만 원이 덤으로 얹혀 왔는데, '먼 데서 온 사람이 상금을 받아서 참 좋다. 여비는 충분 하겠구나' 하시며 반달 같은 작은 눈으로 웃으시던 모습이 기억난다.

두 번째 만남은 우리 외가 어른인 전우익 선생 댁 사랑방에서였다. 경북 봉화 귀내마을에 머물던 1999년 겨울, '내가 가장 아끼는 벗 신 경림'이 오는 날이라고 들떠 있던 그분의 모습을 선명하게 기억한다.

이번에 정릉 댁에서 다시 만난 신경림 시인은 예전 모습 그대로였 다. 여전히 반달 같은 작은 눈으로 웃으며 활짝 반겨주셨다. 나는 시인 신경림의 얘기를 하고 싶은데, 시인은 전우익 선생과의 추억에 젖어들 어, 화제를 다시 시인 신경림으로 돌려놓기까지 시간이 꽤 걸렸다.

"사람 삶이 다 그런 거라 생각했어" ❀

　시인은 1936년 충청북도 충주군 노은면 연하리에서 4남 2녀의 맏
아들로 태어났다. 본명은 응식應植. 한학을 한 할아버지의 형제들은
한글전용과 농촌계몽운동에 적극 동참한 개화주의자였다. 아버지는
농협 서기로 일하는 한편 광산사업 투자에도 적극적이었다. 외가는 독
립운동에 비밀자금을 지원하던 만석꾼이었다. 독립운동을 한 대가로
징역을 살다 나온 젊은 지식인들에게 숙식을 제공하고 그들이 살길을
찾을 때까지 거두어주던 집안이었다. 어머니는 학교를 다닌 적은 없으
나, 그 청년들에게 공부를 배워서 책을 많이 읽은 교양 있는 분이었다.
　1943년, 노은국민학교에 입학했다. 4학년 때 시 '목계장터'에 등장
하는 '목계'에 처음 가게 된다. 비 개인 나루터에 부는 바람 한 점, 박가
분 파는 방물장수, 그곳에서 만난 들꽃 한 포기까지, 소년에게 비친 목
계의 풍경은 일기장에 빼곡하게 기록되었다. 목계는 그에게 세상을 만
나게 해준 곳이었다. 목계 풍경을 쓴 일기를 본 담임선생님이 '시인'이
라는 별명을 붙여주셨고, 그때부터 시인으로 불렸다. 소년 신경림의
글재주를 처음 알아봐준 분이었다. 아이의 작은 재능을 발견하고 꿈
꿀 수 있는 이름을 지어 불러주는 일은, 어른이 아이들에게 줄 수 있
는 가장 가치 있는 선물이다. 아이들은 기름진 거름을 뿌려주는 만큼
꿈꾸며 자라는 새싹이니까. 꼬마 시인 신경림이, 한국의 대표 시인이

되었다는 걸 그 어르신이 아시면 얼마나 기뻐하실까. 선생님의 성함은 잊었지만, 고마운 마음은 평생 간직하고 살았다.

어린 시절 고향 남한강의 풍경과 목계장터의 사람들은 훗날 신경림 시의 거름이 되었다.

하늘은 날더러 구름이 되라 하고 / 땅은 날더러 바람이 되라 하네 / 청룡 흑룡 흩어져 비 개인 나루 / 잡초나 일깨우는 잔바람이 되라네 / 뱃길이라 서울 사흘 목계나루에 / 아흐레 나흘 찾아 박가분 파는 / 가을볕도 서러운 방물장수 되라네 / 산은 날더러 들꽃이 되라 하고 / 강은 날더러 잔돌이 되라 하네 / 산서리 맵차거든 풀 속에 얼굴 묻고 / 물여울 모질거든 바위 뒤에 붙으려 / 민물새우 끓어넘는 토방 툇마루 / 석삼 년에 한 이레쯤 천치로 변해 / 짐 부리고 앉아 쉬는 떠돌이가 되라네 / 하늘은 날더러 바람이 되라 하고 / 산은 날더러 잔돌이 되라 하네   —'목계장터'

우리 집안엔 책 읽는 사람이 많았어. 이광수, 김동인의 소설과 시집도 꽤 있었고. 당숙들이 모두 신식공부를 했으니 책을 마음껏 빌려다 읽었지. 아버지도 시골에선 돈벌이를 좀 하던 분이어서 읍내 나가면 늘 책을 사다 주셨어. 책 읽을 수 있는 환경에서 자란 게 시를 쓰는 토양이 되었지. 가설극장에서 연극도 많이 보았어. 가마니 창고를 빌려서 주로 영화 상영, 연극 공연을 하던 곳이었는데, 지금 생각하면 정말 위험한 곳이었어. 몇 백 명이 들어가서 공연을 보는데 무대 한쪽이 무너져서 사고가 난 기억도 나. 그래도 자주 가서 연극을 열심히 보았어.

어려서 나는 램프불 밑에서 자랐다 / 밤중에 눈을 뜨고 내가 보는 것은 / 재봉틀을 돌리는 젊은 어머니와 / 실을 감는 주름진 할머니뿐이었다 / 나는 그것이 세상의 전부라고 믿었다 / 조금 자라서는 칸텔라불 밑에서 놀았다 / 밖은 칠흑 같은 어둠 / 지익지익 소리로 새파란 불꽃을 뿜는 불은 / 주정하는 험상궂은 금점꾼들과 / 셈이 늦는다고 몰려와 생떼를 쓰는 그 / 아내들의 모습만 돋움 새겼다 / 소년 시절은 전등불 밑에서 보냈다 / 가설극장의 화려한 간판과 / 가겟방의 휘황한 불빛을 보면서 / 나는 세상이 넓다고 알았다, 그리고 // 나는 대처로 나왔다 (중략) 이상하게도 내 시야는 차츰 좁아져 / 내 망막에는 마침내 / 재봉틀을 돌리는 젊은 어머니와 / 실을 감는 주름진 할머니의 / 실루엣만 남았다 // 내게는 다시 이것이 / 세상의 전부가 되었다.　　―'어머니와 할머니의 실루엣'

내가 아마 예닐곱 살쯤이었을 거야. 어머니는 항상 덤덤했어. 희로애락을 드러내지 않는 분이었지. 할머니는 나에게 생을 건 사람이었어. 내가 서울에 공부하러 올 때 따라와서 밥을 해주셨던 분이야. 두 분의 실루엣은 지금도 선명해. 램프불은 등잔불에 램프를 씌워놓은 것인데, 부잣집 아니면 없었는데 우리 동네엔 많았어. 우리 동네가 광산도 있고, 금전꾼들도 많이 왕래하던 곳이라 넉넉했던 것 같아. 중학교 때는 칸텔라불을 썼어. 그건 광산에서 쓰는 불인데, 가스로 켜는 불이지. 새파란 불빛이 몇 백 미터까지 밝혀주는 밝은 불이야. 우리 마을엔 전기도 나 초등학교 때 들어왔어. 이 얘기를 하면 사람들이 깜짝 놀라. 읍내로 중학교를 갔는데, 거긴 전기가 거의 안 들어오더라고. 우리 아버지가 새 문물 들어오면 무조건 사야 하는 분이셨어. 호기심이 많은 분이어서 라디오, 전축 같은 물건이 집에 다 있었어. 그런 소재가 이 시에 다 등장하니, 나를 아주 부잣집 아들로 생각하는 사람도 있지만, 그렇진 않아.

1948년, 충주사범병설중학교에 입학했다. 중학교 시절 이광수, 김동인, 이기영, 김내성, 현덕 등 문학인의 책을 닳도록 읽었다. 중학교 3학년 때 한국전쟁이 터졌다. 나라가 그랬던 것처럼, 그의 집안도 좌익과 우익 사이에서 풍비박산이 났다. 아버지가 운영하던 광산은 폐쇄되고, 당숙은 보도연맹 사건에 연루되어 목숨을 잃었다. 충주고등학교에 들어갔으나 공부는 안 하고 남한 강가를 거닐며 책만 읽었다. 도스토옙스키와 투르게네프의 소설을 읽고 백석, 임화, 이용악, 오장환, 정지용의 시를 읽었다. 이용악과 백석의 좋은 시는 외우고 다녔다. 백석의 '남신의주 유동 박시봉방'을 읽고 백석 같은 시를 쓰고 싶다는 생각을 했다.

교지에 〈이형기론〉을 발표해서 화제가 되기도 했다. 1955년 신경림은 동국대학교 영문과에 입학한다. 〈공산당 선언〉 등 좌익 서적을 읽기 시작했다. 1956년 〈문학예술〉에 시 '갈대'를 발표하며 등단했다. 함께 책을 읽던 친구가 진보당 사건으로 구속되어 충격을 받고, 문단에 대한 불신이 커지면서 고향으로 돌아왔다. 스물셋부터 10여 년 동안 광부, 장사꾼, 학원 강사 등을 하며 떠돌았다. 충주에서 영어강사 노릇을 할 때엔 영어로 된 〈공산당 선언〉의 문장을 가르치기도 했고, 술자리에서 정권을 비난하는 말을 했다가 붙잡혀 가서 한 달 만에 풀려나기도 했다.

내가 좋아하는 시인들의 시집이 너덜너덜해질 정도로 읽고 외웠어. 가택수색을 당할 때 시집을 다 빼앗겼어. 판금된 시집이니 다시 구할 수도 없고, 암기하고 있는 시들을 외우면서 허탈함을 달랬지. 등단한 후에도 시는 안 썼어. 전쟁 직후라 상이군인도 많고, 시골 젊은이들은 할 일이 없으니 전부 서울에 올라와 있었어. 모든 게 허망해서 아무것도 쓸 수가 없었어. 신명이 나야 시가 되는데 신명이 안 나더라고. 10여 년간 건달 생활을 했지. 서른 즈음, 결혼할 무렵에 내가 잘할 수 있는 일이 시 쓰는 일밖에 없다는 걸 깨달았어. 잘할 수 있는 게 아무것도 없는 거야. 내 아내는 내가 시 쓰는 남자인 걸 모르고 시집왔지.(웃음) 조그맣지만 똑똑하다는 평판은 받았으니까. 아내도 착하

고 무덤덤한 사람이어서 결혼한 후부터 본격적으로 시를 쓸 수 있었
지. 아버지는 내가 시를 쓰고 살겠다니까 크게 실망하셨어. 시인이 되
면 굶어죽는다는데… 어떡하냐고(웃음) 그래도 강요는 안 하셨어.

집안의 몰락과 문단에 대한 실망이 겹쳐 낙향하지 않았더라면, 농
민들의 애환과 가난한 이웃들의 아픔을 노래하는 시들이 태어나지 못
했을 것이다. 독자 입장에서는 건달 생활을 하며 길 위에서 보낸 10년
이 고맙기도 하다. 산업화 과정을 거치면서 궁핍해진 농민들의 애환이
드러난 시들을 쓸 수 있었고, 다시 서울로 와서 1971년 〈창작과 비평〉
가을호에 '농무', '서울로 가는 길' 등을 발표하면서 문단의 주목을 받
았다.

김관식 시인이라고 서정주 시인의 동서인데, 반골 기질로 유
명하지. 어느 날 시내에서 술에 취한 김관식 시인을 만났는데, '신경림
이 안 쓰면 나도 안 쓴다'며 시를 쓰라고 떼를 쓰더군. 산동네 무허가
촌인 서울 홍은동 자기 집 문간방을 내주어서 아내와 올라왔지. 쌀
이며 김치, 연탄까지 다 대주며 6개월 동안 지내면서 시를 쓰게 해줬
어. 그 친구 덕분에 다시 시를 쓸 수 있었어. 서른여섯에 요절하는 바
람에 갚지도 못했지.

《농무》는 떠돌면서 만난 민초들, 삶의 주변부로 밀려난 광부, 노동자, 빈민, 농민, 건달, 아편쟁이들이 주인공이다. 1973년에 출간된 시집 《농무》에 담긴 빼어난 사실주의적 작품들은 문단에 충격을 던졌고, 한국 현대문학사에 민중시의 토대를 닦았다는 평가를 받았다. 개인적으로는 많은 아픔을 겪는 동안 나온 첫 시집이었다.

1970년에 안양으로 이사를 하고, 할머니와 부모님을 다 모시고 살았지. 그 해에 아내가 암으로 죽고, 이듬해에 6년 동안 중풍으로 고생하던 아버지가 돌아가시고, 치매를 앓던 할머니도 돌아가셨어. 100여 가구가 단지를 이룬 마을이었는데, 우리가 사는 7년 동안 우리 집만 장례를 세 번이나 치렀지. 그 집에 어떤 사연이 있었던 걸까? 사람들이 흉가라고 부르더군… 1977년에 그 집을 떠났어.

그 시절을 어떻게 견디셨어요.

사람 삶이 다 그런 거라고 생각했어. 우리 어머니가 고생하셨지. 초등학생 3남매를 우리 어머니가 다 키우셨어. 2001년에 돌아가실 때까지 나 때문에 고생을 많이 하셨지. 그런데 효도를 못했어. 늘 어머니를 괴롭혔지. 어머니는 돌아가시기 며칠 전까지도 내가 안 들어가면 저녁을 안 잡숫고 계셔. 밤 12시가 되어도 내가 들어가면 함께 식사를 하셨어. 나는 효도하려고 모임에 가도 아무리 맛있는 게 있어도 안 먹고 집에 가서 어머니랑 된장에 밥 먹었지. 그게 효도인 줄 알고 굶고 들어갔지. 자식은 이렇게 어리석은 존재야… 지나고 보니 그건 효도가 아니라 어머니를 괴롭힌 거였어. 어머니가 돌아가신 뒤에야 깨달았어.

1980년 7월, 선생은 '김대중 내란음모사건'에 연루돼 고은, 송기원 선생과 함께 서대문구치소에 갇혔다가 두 달 만에 풀려나기도 했다. '자유실천문인협의회', '민주화청년운동연합', '민족민주통일운동연합' 등에서 중요한 직책을 맡아 활동하고, 1984년에는 '민요연구회'를 만들어서 본격적인 민요채집운동을 하는 데 힘을 쏟았다.

신경림의 시는 길 위에서 쓴 시라고 말해도 될 만큼 유랑에서 얻은 소재들이 많다. 광산노동자, 부랑노동자, 도시빈민이 많이 등장한다.

한국에서 중·고등학교를 다닌 사람이라면 신경림 시인을 모르는 사람이 없어요. '목계장터', '갈대', '가난한 사랑 노래'는 고등학생들이 가장 많이 아는 시이자 언어영역 시험에도 종종 나오죠. 선생님 시로 출제된 학교 시험문제를 풀어본 적이 있으세요.

　　　　있지. 어려워서 나도 못 풀겠더라고. 답도 틀렸어. 시만큼은 시험문제를 달리 내면 어떨까? 가령, 이 시를 읽고서 무엇을 느꼈나,

틀린 것 하나 찾기. 어때? 그게 좋겠어. 시는 한 가지로 읽는 게 아니라 여러 가지로 읽는 거잖아. 진짜 아닌 것 하나만 찾기. 폭넓게 가르치면 어떨까? 그런데 교사들이 안 된대. 차별성도 없고 문제로서 제 구실을 못한다고 하더군.

손주들이 학교에서 할아버지 시로 시험 볼 때 기분이 어떨까요.

　　　　　　외손주가 그래. 할아버지 시가 문제로 나오면 제일 어렵다고.(웃음) 그리고 우리 할아버지라고 해도 친구들이 안 믿는대.(웃음)

　　2015년 4월에는 신경림 시인과 일본의 거장 시인 다니카와 슌타로가 대시집對詩集《모두 별이 되어 내 몸에 들어왔다》를 내고 시낭송 콘서트를 열었다. 양국 출판사가 공동 기획한 시집이 두 나라에서 동시에 나온 것이다. 두 사람이 주고받으며 짓는 시를 일본에서는 '대시對詩'라 한다. 두 거장은 2012년 일본 쿠온출판사에서 번역 출간한 신경림 시집《낙타》 출간기념회에서 처음 만났다. 슌타로 시인이《낙타》 서평에서 한국 시인 신경림을 높이 평가하면서 인연이 시작되었다. 이 시집은 한일 양국의 정치적 대립 이면에 공존하는 따뜻한 문학적 연대감을 담고 있다. 슌타로 선생이 시를 먼저 보내오면 신경림 시인이 대답하는 기분으로 답시를 썼다. 그렇게 13편을 주고받는 데 꼬박 6개월이 걸렸다. 요시카와 나기의 번역 또한 큰 몫을 했다.

남쪽 바다에서 들려오는 비통한 소식 / 몇 백 명 아이들이 깊은 물 속 / 배에 갇혀
나오지 못한다는 / 온 나라가 눈물과 분노로 범벅이 되어 있는데도 나는 / 고작
떨어져 깔린 꽃잎들을 물끄러미 바라볼 뿐 (신경림)

숨 쉴 식息, 자는 스스로 자自 자와 마음 심心 자 / 일본어 '이키(숨)'는 '이키루(살다)'
와 같은 음 / 소리 내지 못하는 말하지 못하는 숨이 막히는 괴로움을 / 상상력으
로조차 나누어 가질 수 없는 괴로움 / 시 쓸 여지도 없다 (다니카와 슌타로)

밤새껏 물속에서 허우적대다가 / 눈을 뜨니 솜아불이 가시덤불처럼 따갑다 / 아
랑곳없이 아침햇살이 눈부신 앞뜰에는 / 목련이 지고 작약이 피고 / 이렇게 봄은
가고 있는데 (신경림)

세월호 참사의 아픔을 담은 선생님의 시와 슌타로 선생이 보내온
답시를 읽으며 마음이 먹먹했어요. 두 시인이 각자의 유년을 추억하
는 에세이도 흥미로웠고요. 일본 식민지배 하에서 태어난 조선 소년
신경림과 2차 대전의 폭풍 속에 유년기를 보낸 일본 소년 다니카와
슌타로의 이야기 말이에요. 광복 70주년에 두 나라의 어르신이 이런
작업을 함께했다는 건 정말 의미 있는 일 같아요. 이 작업을 하면서
마음을 나누는 친구가 되었다고요.

　　문학, 특히 시를 통해 일본과 한국이 서로를 이해할 수 있는

부분을 찾아보는 건 의미 있는 일이지. 앞으로도 양국의 문학인들이
이런 작업을 이어나가면 좋겠어.

"못난 놈들은 서로 얼굴만 봐도 흥겹다" ❀

'친구'라는 단어를 꺼내자 우리의 대화는 다시 전우익 선생 이야기
로 돌아갔다. 신경림 시인에게 벗 전우익은 간고등어의 비린내와 구수
한 된장찌개, 그리고 나무 향기와 함께 기억되는 존재다.

> 전 선생이 서울 오면 우리 집에서 함께 잤지. 어머니가 '넌 웬
> 노인 친구가 다 있냐?' 그러셨지.(웃음) '간고등어니더, 안동장에서 안
> 샀는교. 산골이라 먹을 게 이것밖에 없는기라' 하며 건네줘. 내가 그
> 이 집에 가면 간소한 찬 중에 간고등어만 먹었거든. 간고등어를 너무
> 많이 가져와서 나중에는 처치곤란이었지. 식구들이 냄새 난다고 상
> 을 따로 차리고 그랬으니까. 그걸 어디 글에 썼더니 담부턴 안 가져왔
> 어. 냉장고에 고등어가 넘쳐나는데, 나 혼자 먹으려니 다 먹을 수가 있
> 나.(웃음)

자식들의 기억 속에 남아 있는 우익 선생은 어두운 시간에는 오로

지 책을 읽고, 해가 있는 시간에는 밭을 매고, 부들로 자리를 매고, 나무를 가꾸는 사람이었다. 운동권 학생들과 문인, 종교인 누구에게나 대문을 활짝 열어두었다. 판화가 이철수를 비롯해 권정생, 이오덕, 신경림과 같은 문인 친구들을 특별히 반겼다. 신경림 시인이 오는 날이면 며칠 전부터 그에게 선물할 나무를 깎느라 들떠 있었다. 나무가 지닌 깨끗한 영을 친구에게 선물하면 그가 맑은 영으로 시를 쓸 것이라며 더 공을 들였다. 신경림 시인이 좋아하는 간고등어는 얼마나 비린내가 많이 나는 음식인가. 시인을 만나러 상경할 때는 안동장까지 나가서 간고등어를 사들고, 느린 걸음걸이도 그날만큼은 빨라져서 서울행 무궁화호에 올랐다.

부들로 자리를 열심히 매었던 것도 벗들에게 자연을 선물하기 위해서였다. 긴 자리를 둘둘 말아서 등에 메고 나서면, 영락없이 떠돌이 방물장수 같았을 것이다. 서울 사람 눈에는 걸인처럼 보이기도 했던 모양이다. 높은 자리에 있는 친구, 고층 아파트에 사는 친구를 찾아가는 날이면 입구에서 경비원들에게 쫓겨나기 일쑤였으니까. 그렇다고 살아온 삶의 방식을 바꿀 리 없었다. 남이 입다 버린 옷을 개울물에 비누 없이 빨아 입고, 가죽 허리띠 대신 낡은 끈으로 바지춤을 조여 매고, 부들이며 나무토막이며 벗들에게 줄 선물을 메고 전국 어딘든 사람을 만나러 다녔다. 그의 삶은 시인 친구의 가슴에 시를 싹틔우기도 했다. 우정이 거름이 된 시는 그가 사랑하는 들풀과 나무를 닮았다.

서울 왔다고 전화해서 나가보면

손에 두어 손 간고등어가 들렸다

왕골자리 매어 바꾼 돈으로

안동장에 가서 산 간고등어

의자보다 땅바닥이 편하다고

아무데서나 쭈그리고 앉길 좋아하는 그는

때로는 어울리지 않게

허리춤에서 단소를 꺼내 들고는

수자리 살다가 도망온 신라병정 같은

꺼벙한 눈을 두리번거리면서

안동에서도 외진 골 촌사람 권정생과

박달재의 젊은 판화쟁이 이철수 얘기를 한다

얄궂은 세상은 그를

착한 농민으로 살게 두지를 않아

옥살이로 옥바라지로

몇 떼기 안 되는 땅 다 날리고

이제 남은 것은 텃밭뿐이지만

그는 소금에 절은 간고등어 들고

험한 세상 곳곳을 누비면서 사람도 만나고

진짜 농군이 되는 법도 가르친다.　　　　　　─'간고등어'

말년에 만났어도 마음을 가장 많이 나눈 벗이 신경림 시인이라고 생전에 말씀하셨어요.

우린 좋은 친구들이 많았어. 권정생, 이오덕과도 친했지만 우리 둘이 제일 친했지. 판화가 이철수가 옛날식 소주를 잘 담가. 그 독한 소주 먹으러 자주 갔지. 전우익 선생과 안동, 영주 여행을 많이 했어. 산속의 약초 같은 사람이지. 참 그리운 시절이야. 사랑채에서 군불에 된장 끓여주면 정말 맛있었는데… 전 선생과 소백산 올라갔을 때가 벌써 20년 전이네. 장비도 없이 한겨울에 둘이 올라갔어. 눈을 잔뜩 맞고, 미처 하산하지 못한 서른 명 정도가 작은 산장 안에서 선 채로 밤을 새웠던 기억이 나. 친했던 벗들이 이젠 다 가고 없어… 요즘은 채현국이랑 종종 만나서 옛날 얘기를 해. 그 친구는 아직 힘이 펄펄나. 요즘 인기도 아주 많고.(웃음)

전우익 선생님과는 어떻게 만나셨나요.

내가 전우익 선생 처음 만난 건 유신독재가 극에 달한 1970년대 초였어. 인사동 근처의 작은 출판사에서, 의자에도 앉지 않고 바닥에 쭈굴트리고 앉아 있는 그를 만났지. 버릇이 돼서 그렇게 앉는 게 더 편하다는 거야. 어디에 오래 있다가 나온 사람인지 눈치를 챘지. 눈빛도 달라. 이것저것 물어봐도 자기는 그저 농사꾼이래. 농사 이야기 외엔 일절 안 해. 일 중에 창조적인 건 농업밖에 없다는 거야. 상업은 있는 물건 팔고 사는 것이고, 공업도 있는 것을 가지고 모양과 용도만 바꾸는 거니까 농사가 으뜸이라는 거였어. '농사는 아무것도 없는 데서 있는 것을 만들어내는 것 아니니께!' 나에겐 적잖은 충격이었어. 눈이 번쩍 뜨이더라고. 그 친구는 내가 미처 생각지 못하고 보지 못하는 걸 보는 사람이었어.

친척들 결혼식에도 부조금 대신 책 보따리를 선물하셨어요. 그 속에 빠지지 않는 책이 신경림 시인의 시집이었고요.

내 시집을 가장 귀하게 대하는 벗이어서 고맙기도 했지만, 그이의 발상이 얼마나 촌스러워? 나는 그 촌스러운 발상이 참 신선했어. 신혼부부에게 돈을 주면 당장엔 좋겠지만, 세월이 흐를수록 책 선물을 더 고맙게 여기게 될 거라는 게 그의 주장이었어. 사람을 보고 눈이 번쩍 뜨이는 경험을 하기는 흔하지 않지. 나이 들어 만난 벗인데 급속도로 가까워진 이유는 바로 그거야. 전 선생이 서울에 오면 내게 연락을 했고, 있는 데로 찾아가면 금서禁書였던 재일 사학자나 일본 사회주의자들의 책, 노신의 소설과 시집을 내 가방에 슬그머니 넣어주기도 했지. 책보다 직접 키운 밭작물을 힘겹게 지고 나타났어. 낡은 바랑에 율무, 콩 같은 작물들을 몇 됫박씩 짊어지고 오는 일도 많았지. 무공해니 얼마나 귀해? 모두가 농약 범벅이 된 농작물을 먹고 사는데, 우리만 안 먹는 게 무슨 소용이냐고 무공해니 그런 말 쓰지도 않았지. '혼자만 건강하게 잘 살믄 무슨 재민겨', 그의 말에는 그의 삶이 고스란히 담겼어.

자연 중에서도 나무를 유독 좋아한 분이었어요.

인간과 동물은 소비만 하고, 식물만이 새로운 것을 만들어낸다는 것이 그의 철학이었어. 함께 걷다가 나무를 만나면 '저 나무들을 보세요. 나무를 보면 사람이 하는 일이 얼마나 보잘것없는지 알 것 같아요. 나무나 풀은 쓸모없는 것이 하나도 없잖아요? 꽃은 벌한테 꿀을 만들게 하고 또 열매를 맺어 먹거리가 되고, 가지는 부러져도 사람한테 땔거리가 되어주고, 썩으면 땅을 기름지게 만들고…' 나무에 대한 애정이 각별했어. 그는 나무와 풀을 구경하러 지리산, 덕유산, 소백산, 설악산, 청량리 임업시험장, 광릉수목원, 창경궁, 어디든 다녔지. 나도 가끔 따라다니며 배웠고. 식물도감까지 구해서 들고 다니며 공부했던 사람이야. 그는 농업만이 참으로 창조적인 일이고, 식물만이 창조적인 생명이라고 생각했어. 나무와 풀로부터 세상의 이치를 배우고 사람 사는 도리를 깨달으니, 자연 순리에 벗어나는 일을 하지 않고 살다 갈 수 있었던 것 아닐까. 나무와 풀은 그의 스승이었어.

두 분이 참 많이 같이 다니셨다고 들었어요. 모두가 지루해하고, 이상한 사람이라고 무시하기도 하는 얘기를, 어린아이의 눈빛으로

열심히 들어주는 고마운 벗이라고 말씀하셨던 게 기억나요.

단양 적성산성에 갔을 때의 일이야. 누렇게 빛이 다 바래서 곧 떨어질 잎만 달고 서 있는 자작나무와 상수리나무를 한참 바라보더니, 저 나무를 좀 보래. 곧 겨울이 오면 춥고 먼 길을 떠나야 하니까 몸가짐을 간편하게 하기 위해 잎을 다 떨구어버릴 준비를 하는 거라고. 부끄럽게도 인간에겐 저런 지혜가 없다고… 그와 함께 다니면 길가의 나무 한 그루에서도 인생의 지혜를 배울 수 있었어.

죽은 나무는 깎아서 새 생명을 입히셨고요. 저도 몇 개 받아서 간직하고 있는데, 늘 새로운 걸 만드시면 신경림 시인에게 선물하고 싶어 하셨다고 가족에게 들었어요.

나무로 만든 물건을 곁에 두고 어루만지면, 나무의 영이 사람에게 옮아온다는 거야. 그 친구는 그렇게 믿었어. 나무가 가진 깨끗한 기운과 정신을 사람이 얻는다고 말이야. 나무를 깎고 다듬어 필통도 만들고, 책상이며 걸상도 만들었어. 많이 봐서 알겠지만, 그의 작품이 독특하잖아? 가능한 제 모습이 남아 있도록 만들려니 손이 덜 갈 것 같지만, 정성을 곱절로 쏟아야 하지. 책상이 될 만한 높이로 나무 둥치를 자른 것이 책상, 겉은 손대지 않은 채 썩은 속만 매끈하게 후벼낸 것이 필통이고, 옹이도 최대한 살리잖아.

누렇게 빛이 다 바래서 곧 떨어질 잎만 달고 서 있는
자작나무와 상수리나무를 한참 바라보더니,
저 나무를 좀 보래.
곧 겨울이 오면 춥고 먼 길을 떠나야 하니까
몸가짐을 간편하게 하기 위해 잎을 다 떨구어버릴 준비를 하는 거라고.

모든 인생에는 의미가 있다

나무 향이 옹이에 짙게 배어 있기 때문이라고 제게도 말씀하셨 어요.

그렇게 만든 물건들을 지고 전국을 다니면서 좋아하는 사람 들에게 나누어주었어. 나도 필통도 얻고, 앉을개(의자)도 얻고, 쓸모가 없는 나무토막도 여러 개 얻었지. 쓸모없음을 쓸모 있게 만드는 게 그 의 재주야. 나무는 눈에 보이는 쓸모 이상의 쓸모를 가지고 있다는 것 이 그의 생각이고, 그런 마음으로 만든 나무는 내게 와서 맑은 영을 전해주었으니까. 싫어하는 나무가 하나도 없는 사람이었어. 어떤 나무 든 나무껍질은 사람 피부보다 더 부드럽고, 나무 향기는 어디에도 비 할 수 없다는 걸 나도 알게 되었어. 길을 가다가도 나무만 보면 끌어 안고 싶어 했어. 한 번은 같이 걷다가 가로수 정비원들이 큰 나무를 톱으로 마구 자르는 모습을 보았는데, 100년도 못 사는 사람에게도 영이 있는데 몇 백 년을 사는 나무한테 영이 없겠느냐며 눈물을 글썽 이기도 했지. 다시 태어나면 나무를 키우고 공부하는 사람이 되고 싶 다고 했어.

풀도 나무도 사랑하셨지만, 정말 사랑한 건 사람 아니었을까요.

그렇지. 나무를 깎아 만들고, 농작물을 길렀던 것도 다 남을 주기 위해서였으니까. 전국에 흩어져 있는 벗들을 찾아다니며 나누기 위한 것이었으니까. 부들로 자리 매는 걸 귀내마을 집에서 보았지? 그

자리도 다 남을 주기 위해서 맨 거지. 신영복, 김진계 같은 출소 장기수도 있고, 명진, 현기, 법연 같은 스님도 있고, 정호경, 유강하 같은 신부도 있고, 김용택 같은 시인도 있고, 권정생, 이현주 같은 동화작가도 있고, 해직교사도 있고, 김광주, 이철수 같은 화가도 있고, 서점 사장도 교수도 있지만, 평범한 민초들이 그에겐 가장 귀한 벗이었어. 만나면 참 배울 게 많아서 찾아가서 만난다고 말하지. 그에게 배울 게 또하나 있다면 누구에게서든 배울 거리를 찾아내는 눈을 가진 점이야. 그는 정말 다른 눈을 가진 사람이야. 모두들 가르치려고만 하고 배우려 하지 않는다는 거야. 모두 입만 가지고 제 말만 하려 들지 남의 말을 들으려 하지 않잖아. 그가 나무를 좋아하는 건 나무한테는 귀만 있지 입이 없기 때문일지도 몰라. 그가 찾아다니는 벗들은 큰 귀, 작은 입을 가지고 있는 사람들인지도 모르지. 이런 귀한 가치들을 알게해준 참 고마운 벗이 바로 전우익 선생이야.

서로 의지하고, 서로의 성장에 거름이 되어주는 벗을 평생 살면서 한 명이라도 만난다면 '참 잘 살아온 사람'이 아닐까. 마음의 피를 나눈 벗이 먼저 세상을 뜨는 일 또한 세상의 한 토막을 잃는 일일 것이다. 돌아가신 전우익 선생은 참 행복한 사람이다. 지금도 매일 시만 생각하는 친구는 여전히 벗을 기억하고, 시 속에서 벗과 대화를 한다. 그의 시 속에서 여전히 벗은 살아 있고 영원히 살아 있을 것이다.

다시 태어나도 내가 할 일이 시 말고 또 있을까? 내 삶은 그렇게 행복한 삶은 아니었지만, 그만하면 사람답게 살았다는 생각을 해. 하고 싶은 말 다 하고, 글도 실컷 썼지. 남은 삶도 시를 많이 쓰고 싶어. 오로지 시만 쓰고 싶어.

낙타를 타고 가리라, 저승길은
별과 달과 해와
모래밖에 본 일이 없는 낙타를 타고.
세상사 물으면 짐짓, 아무것도 못 본 체
손 저어 대답하면서,
슬픔도 아픔도 까맣게 잊었다는 듯.
누군가 있어 다시 세상에 나가란다면
낙타가 되어 가겠다 대답하리라.

별과 달과 해와
모래만 보고 살다가,
돌아올 때는 세상에서 가장
어리석은 사람 하나 등에 업고 오겠노라고.
무슨 재미로 세상을 살았는지도 모르는
가장 가엾은 사람 하나 골라
길동무 되어서.   —'낙타'

198

지난밤, 꿈을 꾸었다. 낙타 두 마리 길동무 되어 느리게 걸어오는 꿈을. 가장 어리석은 사람, 가장 가엾은 사람은 '바로 너'라고 '못난 놈들은 서로 얼굴만 봐도 흥겹다'며 얼굴 마주하고 웃는 신경림 선생과 전우익 선생이었던 것 같기도 하다.

너무 늦기 전에, 두 분을 함께 만났던 귀내마을에 다녀와야겠다.

친구 전우익, 끝나지 않은 대화 ❀

경상북도 봉화군 상운면에는 490여 년간 마을을 지켜온 옥천 전씨 집성촌 귀내龜川마을이 있다. 야옹野翁 전응방부터 후손 전우익에 이르는 곧은 반가의 정신이 남아 있는 마을이다. 흘러간 시간만큼 쇠락한 기와집들이 마을의 역사를 지키고 있는 곳. 산수유 꽃향기에 이끌려 외가 식구들과 함께 귀내마을을 찾았다.

사상을 벌하고 예비범죄자로 낙인하여 구금하는 굴곡진 시대를, 자연과 대화하며 노닐다 간 사람. 이처럼 역설적인 인생이 또 있을까. '우익' 선생은 평생 '좌익' 사상 때문에 몸은 자유롭지 못했으나 영혼만은 온전히 자유로웠던 사람이다.

곧은 정신을 오래도록 지킨다는 의미의 마을 상징물 돌거북은 조선 정신의 맥을 끊는다며 일본 순사들이 폭파해버렸기에 지금은 없다. 배워야만 이길 수 있다고, 마을에서만 일본 명문대학으로 유학한 청년이 대여섯 명이었고, 신학문을 배우는 데 적극적이었다. 청년들의 배움이 깊어질수록 마을을 지키려는 정신과 저항도 거세어졌다. 총명한 청년들은 일제를 거쳐 한국전쟁을 겪는 동안 감옥으로, 북으로… 뿔뿔이 흩어졌다. 이 마을에 유난히 청상과부와 유복자가 많은 이유다. 이런 마을의 역사가 우익 선생에게 큰 영향을 미쳤기에, 평생 마을을 떠나 살지 못하게 되었다.

귀내마을이 대중에게 알려진 건 《혼자만 잘 살믄 무슨 재민겨》를 쓴 전우익 선생에 이르러서다. 권세와 부귀를 천하게 여기고 자연의 순리에 따라 사는 옥천 전 씨 가문의 법도는 후손에 이르러 더욱 향기롭게 피어났다. 우익 선생 생가 담벼락에 만개한 산수유 꽃처럼.

1925년 경북 봉화에서 대지주의 아들로 태어난 우익 선생은 해방후 '민주청년연맹'에서 청년운동을 하다가 사회안전법을 위반한 혐의로 1년 3개월간 옥고를 치르고, 죄를 저지를 개연성이 있는 사람을 사전 구금한다는 명목으로 자행된 '예비검속'에 걸려 6년 남짓 구금되었다. 구금에서 풀려난 후에도 우익 선생은 1988년까지 보호관찰 대상자로 주거제한을 받아 고향에 유배되었다. 주변에서 볼 때는 그가 집이라는 감옥에 갇힌 사람 같아 보였지만, 우익 선생은 그 집에 찾아오는 수많은 벗들과 자연과 함께 풍성한 유배생활을 한 사람이었다.

"세상의 모든 아버지들은 경찰의 감시를 받는 줄 알았다." 장녀 우경 씨의 말에 모두 웃음이 터졌다. 이웃마을 안동에 가실 때에도 안동보다 먼 봉화경찰서에 가서 허락을 받아야 했고, 매일 경찰관이 우익 선생을 감시하러 왔다. 형사 몰래 살짝 다녀올 법도 한데, 우익 선생은 늘 먼 길을 걸어 형사를 만나고 마실을 갔다. 답답해하는 이웃들에게 그는 이렇게 변명하곤 했다.

전우익이 감시하는 게 그 사람 직업인데, 나 때문에 그이가 곤란해지면 우짜니껴.

해질녘에 찾아온 형사는 담 너머에서 외친다. "집에 계시니껴?" 호롱불 밝힌 방에서 책을 읽던 우익 선생이 방문을 활짝 열고 반갑게 웃는다. "여기 있니더. 저녁은 드셨니껴? 이거 오늘 밭에서 따온 건데 가지고 가실라니껴?" 그는 자신을 감시하는 형사와도 벗이 되어 잘 지냈다. 경찰서 사람들이 전우익이 때문에 고생한다며 그들에게도 항상 예의를 지켰다. 갈등 없이 잘 지내면서도 자신의 생각만큼은 한 번도 꺾은 적 없었다.

공권력을 피해 숨을 곳이 필요한 이들이 찾아오면 기꺼이 받아준 까닭에, 보호관찰 대상에서 풀려난 이후에도 봉화경찰서 유치장 단골 손님이 되었다. 깊은 산속 외진 마을이었지만, 몸을 숨겨야만 하는 사람들은 우익 선생의 얼굴을 모르는 이들도 귀내마을로 찾아들었다. 우익 선생의 사랑방 군불에 끓인 된장찌개는 수배생활에 지친 이들의 몸과 마음을 뜨끈하게 데워주었다. 미 문화원 방화사건의 주동자 문부식과 김현장 신부도, 우익 선생의 집에 숨어 지내면서 밤 깊도록 촛불을 밝히고 대화를 나누었다고 가족들은 기억했다.

우익 선생의 뒷집이 우리 엄마가 나고 자란 집이다. 어머니는 우익 선생의 대궐 같은 기와집과 집안의 내력에 대해 자주 이야기하셨다. 춘향목이라 불리는 금강송으로 지은 기와집은 귀내마을 대지주의 자손 우익 선생이 평생을 살다 간 집이다. 우익 선생 가문의 땅을 밟지 않고는 귀내마을을 거닐 수 없을 정도로 많은 땅을 소유하였지만, 구한말 토지개혁 때 땅은 소작농들에게 돌아갔고, 남은 토지는 청년운동을 하는 동안 활동비로 쓰였다. 우익 선생의 부친인 전영기 선생이 월북한 후 자손들은 가난과 벗하며 살았다.

우익 선생의 집은 언제나 누구나 들어올 수 있도록 문이 활짝 열려 있었다. 가난한 이웃들이 무엇이든 빌리러 왕래하던 집. 탈곡기는 우익 선생의 집에만 있었는데, 자기 일을 미루더라도 이웃들에게 먼저 빌려줬다. 그런데 낫, 호미는 빌려주지 않았다. 그건 돈 없어서 못 사는 게 아니라 게을러서 준비를 못한 것이라고….

'가난은 떳떳한 것이지만, 게으른 건 부끄러운 일이다.' 우익 선생은 누구든 받아주고 존중했지만 게으른 사람에게는 부끄러움을 느끼게 했다. 무엇보다 '옳은 소리' 하는 사람을 좋아했다. 손녀 언년이는 서울 갈 때도 업고 다닐 정도로 귀하게 대했던 벗 중 하나인데, 여섯 살 아이지만 '옳은 소리 하는 사람'이라고 유난히 예뻐하셨다.

본인은 대학을 나온 수재였지만, 6남매의 공부에는 관심이 없었다. 보통 사람들과는 다른 생각, 다른 삶을 사셨으니 그러려니 하면서도, 일가 친척들도 자식들 대학 공부를 가르치지 않는 우익 선생에겐 모두 한마디씩 했다. '머리에 지식만 차면 역사를 왜곡하고 민중을 괴롭히는 괴물이 되는 거다', '학교에서 가르치는 지식은 쓸모없다. 좋은 책을 많이 읽어야 사람다운 사람이 된다.' 선생의 생각은 확고했다.

우리는 불만이 없었어. 신부님들, 스님들… 그분들과 밤새 촛불 켜놓고 나누는 대화를 들으며 자랐으니까.

학교에서 배운 것보다 그 작은 사랑방에서 배운 게 많으니, 대학 공부 시켜주지 않은 것에 대한 원망은 없다고 장녀 우경 씨는 말한다. 벗들과의 대화를 들을 수 있도록 방문은 자식들에게도 열려 있었다.《혼자만 잘 살믄 무슨 재민겨》는 베스트셀러로 많은 사람들의 사랑을 받았지만, 본인도 자식들도 넉넉지 않은 삶을 살았다.

1953년생인 큰오빠부터 막내까지 결혼할 때 똑같이 100만 원을 주신 게 유산의 전부야. 막내 장가갈 때는 그 돈으로 예복을 사기도 힘들었어. 책 인세도 대부분 사랑의재단에 기부하신걸. 돈은 쓰면 없어지잖아? 돈 물려받은 것보다 어떤 어려움도 이겨낼 수 있는 정신을 물려주신 게 감사해. 난 아주 부잣집에 시집을 갔어. 돈에 관심 없는 아버지 때문에 평생 고생한 엄마를 보며 부잣집에 시집가리라 결심했지. 그런데 남편이 사기를 당해서 사업이 부도가 나고 교도소에 가게 되었을 때, 아버지는 매일 새벽 전화를 걸어오셨어. '안녕하세요, 멋진 우리 딸 전우경 씨 맞나요? 지금 정말 좋은 인생 경험 하고 있는 거 아시죠? 남편에게 잘하세요. 오늘 내가 읽은 책에 좋은 구절이 나와요. 읽어드릴까요?' 이런 대화를 매일 주고받았어. 형편 어려운 딸을 만나러 오실 때에도 배낭 가득 책을 선물로 사오셨어. '아버지, 가난한 딸에게 책 선물이라니요! 돈과 쌀을 주셔야지요!' 농담으로 따지고 들면, 대꾸도 안 하셔. 나중에 책을 읽고 난 후에야 깨닫지. 돈 대신 책을 주신 이유를 말이야. 내게 꼭 필요한 말들은 책을 통해서 전해주셨어.

2003년, 우익 선생은 고향집에 혼자 머물다 뇌경색으로 쓰러졌다.

약병을 손에 쥔 채… 정신을 차려보려고 자신의 손을 물었던 흔적, 전화기를 잡고 전화를 해보려 애쓴 흔적이 있었지만, 다음 날 아침에야 발견되어 병원에서 8개월, 집에서 9개월을 보내야 했다. 치매를 앓을 땐 외부인들에게 그 모습을 일절 보이지 않았다. 마지막까지 곧고 바른 어른의 모습으로 사람들에게 기억되길 바라는 자식들의 마음이었다. 어린아이가 되어 투정을 부리던 아버지는 가시는 날까지 자식들에게 많은 웃음을 주고 떠나셨다.

거기도 산수유 꽃, 피었나요?

할아버지, 4월 귀내마을엔 산수유 꽃향기 가득합니다. 거기도 산수유 피었나요? 권정생 선생님, 신영복 선생님, 이오덕 선생님과 더불어 생각을 벌하지 않는 그곳에서 봄날을 즐기고 계시지요?

대학 시절, 도무지 살아야 할 이유를 찾지 못해서 귀내마을로 찾아갔을 때, 군불에 된장 끓여주시며 밤을 지새워 많은 이야기를 들려주셨지요. 동서양 철학자 이야기, 찰리 채플린의 영화에서 시작하여 노신, 도연명, 곡식, 산수유 이야기….

신경림, 신영복, 권정생, 이오덕 선생님과 밤새 대화하는 틈에 끼어서 끝나지 않는 대화를 엿듣는 일은 매일 밤 열 권의 책을 귀로 읽는 기분이었습니다. 춘향목 향기가 깃든 기와집 사랑채는 제게 작은 우주와 같았습니다. 혼자 남은 신경림 선생님은 여전히 건강하시고, 활동도 많이 하세요. 얼마 전에 뵈었는데, 무슨 얘기를 꺼내도 귀내마을 친구 이야기로 돌아가게 되어서, 오랜만에 간고등어도, 사랑방의 된장 찌개도, 실컷 먹은 기분이었답니다. 벗이 떠난 빈자리는 시간이 흘러도 익숙해지지 않는 듯 보였어요.

노신과 도연명의 글을 읽으라 하셨는데, 아직까지 실천을 못하고 있어요. 마흔이 되면 김용준의 〈근원수필〉 같은 글을 쓰는 이가 되라 하셨는데, 지식만 쌓고 공부가 부족한 저는 그런 글을 쓸 자신이 없어서 부끄럽습니다. 언젠가 도연명 평전을 쓰고 싶다며 준비한 자료를 많이 보여주셨는데, 이루지 못하고 가신 게 아쉽습니다.

'농사를 짓는 일은 풀을 뽑는 일이기도 하다. 잘못된 역사의 잡초를 뽑아주지 않으면 곡식이 오그라지고 녹아버린다. 그러나 곡식이 자리 잡고 제대로 크면 잡초가 맥을 추지 못한다. 세상을 바로잡는 근본인 민중이 곡식처럼 잘 자라야 하는데, 민중은 피해자이면서 가해자 편을 들어왔다. 나라를 이렇게 만든 근본적 책임은 민중이 져야 한다. 그래야만 새로운 역사를 쓸 수 있다. 자신의 허망한 욕심을 뿌리치고 땅바닥을 단단히 딛고 일어서라.'

거듭 강조하시는 말씀을 노트에 적은 다음, 청년들은 어떤 꿈을 꾸고 어떻게 실천하며 살아야 하는지를 여쭈었지요. 그때 주신 말씀은 제 가슴에 깊이 새겼습니다.

'어마어마하게 큰 논의를 하려 들지 마라. 그걸 짊어지느라 사람은 지친다. 많은 이들이 가슴에 심어 키울 수 있는 작은 씨앗 같은 이론이어야 사람들 사이에 싹을 틔운다. 너의 인격과 삶이 다른 사람에게 씨 뿌려져 싹을 틔우도록 해라. 너의 착한 마음이 못된 놈들을 살찌우는 먹이가 되지 않도록 너를 잘 지켜라.'

실천하지 못하는 마음은 늘 어지러워서, 그럴 때마다 나이테 한 줄 한 줄에 깃들어 있는 나무의 맑은 영과 대화하라고 주신 나무토막을 오래도록 어루만지며 할아버지 말씀을 되새기고 있습니다.

이 땅엔 곡식이 타들어갑니다. 잡초를 뽑아내지 못하고 땅바닥을 단단히 딛고 일어서지 못한 민중들에 대한 꾸지람 같습니다. 그곳의 봄은 어떤가요?

의미 있는 일에
목숨을 거는
한국 최장수 연출가

표재순, 박상미의 대화

표재순_의미 있는 일에 목숨을 거는 최장수 연출가

1937년생. 대한민국 연출 역사의 신화적 존재다. 주요 국가행사의 연출을 도맡아 했고, 방송국에 30년간 몸담으며 45편의 드라마를 기획 및 연출하고, 170편이 넘는 연극과 오페라 작품을 연출했다. 영원한 현역 연출가로 살고 있는 사람이다.

제가 소띠예요. 저는 소처럼 살아온 것 같아요. 소는 평생 밭 가는 존재 아닙니까. 씨 뿌리고 꽃피우고 열매 따는 일은 다른 이들의 몫이지 소의 몫은 아니지요. 묵묵히 밭 가는 게 소가 할 일이지요. 누가 알아주냐고요? 밭은 내 마음을 알 테지요.

동화 《위그든 씨의 사탕가게》에서 만난 할아버지가 걸어 나온 느낌이었다. 구름처럼 희고 고운 백발의 아저씨와 마주앉은 공간이 내게는 맛있는 사탕이 한꺼번에 펼쳐진 그야말로 '위그든 씨의 사탕가게' 같았다. 그중 한 가지만 골라 이야기를 들을 수도 없는 일이었다.

그를 만나기 위해 자료를 정리하면서 한 사람이 이렇게 넓고 다양한 작물을 길러내는 밭을 갈았다는 사실을 믿기 어려웠다. 거듭 사실을 확인해도 표재순이라는 한 사람이 해낸 것이 확실했다.

대한민국 연출 역사의 신화적 존재이자 한국 문화계 역사의 산증인 표재순. '다양한 분야에서 이 많은 일들을 한 사람이 해내는 게 과연 가능한가?' 하는 궁금증과 동시에, 지금도 끊임없이 새로운 발상이 샘솟는 백발노인의 이야기를 듣는다는 설렘이 더해, 사탕가게 쇼윈도에 매달린 어린아이의 심정이 될 수밖에 없었다. 귀에 군침이 돌았다.

88서울올림픽 개회식과 폐막식 제작단장 겸 총연출, 2002 한 일 월드컵 전야제 총연출, 경주 엑스포, 하이서울 페스티벌 총감독, 실크로드 경주 2015 예술총감독 등 주요 국가행사의 연출을 도맡아 한 사람. 방송국에 30년간 몸담으며 국민 드라마 〈수사반장〉, 최초로 허준을 발굴해낸 드라마 〈집념〉을 비롯해 〈교동 마님〉, 〈대원군〉, 〈조선왕조 오백년〉 등 45편의 드라마를 기획 연출하고, 시사 프로그램 〈그것이 알고 싶다〉를 기획했으며, 프로듀서와 MBC TV 제작국장을 거쳐 SBS 프로덕션 사장을 지낸 사람. 〈오즈의 마법사〉, 〈해상왕 장보고〉, 〈옛날 옛적에 훠어이 훠이〉, 〈빠담빠담빠담〉, 〈맥베드〉, 〈세일즈맨의 죽음〉, 〈성춘향〉 등 수많은 연극과 오페라까지 170편 넘는 작품을 연출한 사람. 초대 세종문화회관 이사장, 대학교수를 거쳐 다시 연출 현장에서 뛰고 있는 사람. 좁은 지면에 나열하기 불가능한 이 모든 일을 해낸 이는 한 사람, 표재순 감독이다.

노장을 오늘까지 연출가로 살아오게 만든 힘은 지치지 않는 열정이겠지만, 그 에너지는 어디서 나오는 걸까 궁금했다. 그는 오늘도 운동화를 신고 벙거지를 쓰고 빠른 걸음으로 다니며 24시간을 촘촘하게 살고 있다. 그의 이야기를 듣기 위해 경주와 서울, 기차역, 집무실을 따라다니며 겨우 조금의 궁금증을 풀었다.

"정신 차리라, 당신 갈 길을 가라!"

"하고 싶은 게 지금도 너무 많다"는 백발의 소년은 수줍게 웃는다. 본인이 기획·연출한 작품 수를 물으니 잘 모르겠단다. 왜 기록하지 않으셨느냐고 묻자, "작품이 무대에 올라간 순간, 제 역할은 끝난 거예요. 새가 되어 하늘로 날아간 거지요. 제 것이 아닌 관객의 것이 됐으니, 잊어야 새로운 생각이 솟아나죠. 과거를 기록할 시간이 없었어요. 새 작품을 만들기 위해 또 밭을 갈아야 하니까요" 하며 웃을 뿐이다. 준비해간 작품 목록을 보여드리니 '이렇게 많아요?' 하며 신기해한다.

서울 왕십리에서 태어나 유년기를 보냈다. 아버지는 농사를 지으셨고, 큰형은 장사를 했다. 농부가 되거나 장사꾼이 되는 게 미래의 내 모습이라고 생각하며 컸다. 호기심이 많아 무엇이든 새로 접하면 반드시 직접 해봐야 했고, 어른들에겐 엉뚱하고 장난스런 아이로 비쳐서 매일같이 벌서고 매를 맞았다. 수줍음이 많았지만 무대에 오르는 것도 즐거웠다. 초등학교 4학년 학예회 때는 '동명성왕'이라는 연극에 궁궐 문지기 역을 맡아 한 시간 동안 가만히 서 있었다. 대사 한마디 없이 배경 그림처럼 서 있는 그를 보고 친구들은 배를 잡고 웃었지만, 문지기도 꼭 필요한 역할이니 부끄럽지 않았다. 한국전쟁 때 대구로 피난을 가면서 가족이 흩어졌고, 큰누님 댁에 얹혀 살면서 스스로 '밥벌

이'를 해야겠다는 생각을 했다. 열다섯 살 무렵이었다.

미군부대 하우스보이로 1년 반 정도 일했어요. 영어도 배우고, 사회생활이란 걸 처음 배웠죠. 그 후에는 대구역에 있는 양키시장에서 미군부대 통조림을 떼다 파는 장사를 시작했어요. '아지노모토'라는 일제 조미료도 팔았지요. 미군부대 중개상한테 싸게 물건을 받아서 포대에 짊어지고 다니면서 냉면집, 중국집에 조미료를 팔았는데 인기가 아주 좋았어요. 온종일 부지런히 다니면 대구 시내 한 바퀴를 다 돌 수 있었는데, 조금 남기고 많이 파는 게 서로 좋다는 마음으로 무조건 싸게 팔고 어른들에게 예의바르고 친절하게 대했어요. 저를 믿는 단골이 많았죠.

열다섯 살 장돌뱅이는 장사 수완이 좋기로 소문이 자자했다. 막내에게서 유능한 장사꾼의 재능을 발견한 가족은 상과대학에 진학하길 권했다. 스스로도 장사꾼이 되겠다고 생각했다. 하지만 고등학교에 들어가 친구들과 서울 근교 산과 절을 돌아다니기 시작하면서 생각이 바뀌었다. 절에서 탱화를 접하고 절의 역사를 살펴보면서 불교미술에도 관심이 가고 우리나라 역사에도 눈을 뜨기 시작했다. 왠지 역사를 배우면 그것을 토대로 할 수 있는 일이 많을 것 같았다. 가족의 반대를 무릅쓰고 연세대학교 사학과에 진학했다.

사학과에 갔지만 공부는 안 했어요. 대학교 2학년 때 처음 연극을 시작했죠. 외국 작품을 학생들이 직접 번역하고 연출해서 연세대 노천극장 무대에 올렸어요. 우리나라에서 연극으로는 처음 소개되는 작품들이었죠. 최소 5000~6000명이 봤으니 작은 무대가 아니었어요. 큰 무대에 공연을 올리는 설렘과 뿌듯함을 그때 알게 됐죠. 〈더 레인 메이커〉라는 미국 작품은 '스타벅'이라는 사기꾼 이야기인데, 제가 맡은 역은 주인공이 사랑하는 여자의 약혼자였어요. 첫 무대에서 50마디 정도 대사를 했는데 하나도 생각나지 않고, 온몸이 땀범벅이 됐던 기억만 나요.(웃음) 연극은 좋지만 배우는 아니구나! 외모도 땅딸막하고 인물도 배우 될 그릇은 못 되니 연극을 만드는 사람이 되자고 결심하고 무대감독, 조명, 조연출 같은 스태프 역할을 했죠.

1960년에 실험극단 준비과정에 참여하다가 군대에 갔다. 전역한 후에는 다시 장사를 해야 했다. 식구들이 명동과 중앙시장에서 식품 도매상을 크게 했기에 가게 일을 도왔다. 미술을 전공한 아내를 만나서 가정을 꾸린 뒤로는, 돈 안 되는 연극에 대한 열망은 스스로 접었다. 새벽에 나와서 점방을 차리고 물건을 사들이며 장사꾼으로 살았다. 아내는 말이 없는 사람이었다. 돈 안 되는 연극을 접고 열심히 장사에 매달리는 남편을 보며 흡족하겠거니 생각하며 스스로를 위로했다. 밤낮없이 배달하느라 앉을 틈도 없던 그를 지켜보던 아내가 어느 날 말했다.

당신 지금 뭐하시는 거예요? 제가 장사꾼 표재순에게 시집온 줄 아세요? 당
신이 갈 길을 가세요!

그날 바로 장사를 접었다. 표재순의 재능을 인정해준 최초의 사람
은 바로 아내였다. 아내는 그가 연극계에서 자리 잡을 때까지 단 한
번도 돈 얘기를 꺼내지 않았고, 묵묵히 지켜보며 말없이 공연장을 다
녀갈 뿐이었다. 1963년 극단 '산하'에서 〈잉여인간〉이라는 작품으로 시
작했고, 1965년에는 미국 작가 토머스 울프의 작품을 각색한 〈천사여
고향을 보라〉라는 작품으로 처음으로 연극 신인상을 탔다. 그때 미국
의 명배우 헬렌 헤이즈가 표재순의 연극을 보고 극찬을 했다. 자신감
이 생겼다. 첫 신인상을 받고 난 후 일본에서 열린 한국영화연극예술
상에서 연출상과 대상, 작품상도 받았다.

연극에 투신해서는 가장의 역할을 다하기가 어려웠다. 아내의 배려
에 보답하려면 경제적인 고통을 겪게 해서는 안 된다고 생각했다. 그
래서 월급을 받을 수 있는 TV 프로그램 연출을 시작했다. JTBC의
전신인 동양TV로 가서 아침 프로그램부터 시작한 후 MBC, SBS를
거치며 방송국에서 30년간 일했다. SBS 프로덕션 사장이 그의 마지
막 직함이었다. 그 와중에도 외부에서 연출자로서 왕성한 활동을 쉬

지 않았다.

대한민국 연출 역사의 신화적 존재라고 사람들이 입을 모아요.

    신화는 무슨, 당치 않아요. 좋아하는 일을 열심히 했을 뿐입니다. 저는 늘 '이게 뭘까?' 궁금한 사람이에요. 그리고 무엇이든 배우고 싶고요. 목수를 만나면 나무를 깎고 싶고, 맛있는 요리를 먹으면 어떻게 만들었을까 궁금해서 나도 만들어보고 싶고, 뭐든 새로 접하면 신기해 보여서 당장 해보고 싶은 마음이 끓어올라요. 너무 철이 없는 것 같기도 하네요.

화려한 경력에 비해 인터뷰 자료가 너무 없어서 놀랐어요. 책도 없고요. 준비하느라 애먹었어요. 저한테도 늘 다음에 만나자며 피해 다니셨고요.

    인터뷰할 시간에 작품을 구상하는 게 제가 할 일이라 생각했어요. 남들을 찍는 작업만 많이 했지, 나에게 카메라나 마이크를 들이대면 가슴이 덜렁덜렁해요. 이렇게 긴 인터뷰를 하는 일은 앞으로도 없을 거예요.

후배들을 위해 책을 쓰신다든가, 기록을 남겨주시면 좋은 교과서가 될 텐데요. 기록이 없어서 제가 더 속상했어요.

제가 소띠예요. 저는 소처럼 살아온 것 같아요. 소는 평생 밭 가는 존재 아닙니까. 씨 뿌리고 꽃피우고 열매 따는 일은 다른 이들의 몫이지 소의 몫은 아니지요. 묵묵히 밭 가는 게 소가 할 일이지요. 누가 알아주냐고요? 밭은 내 마음을 알 테지요. 그 마음으로 여기까지 왔어요. 그거면 족해요. 그리고 제 생각엔 세상에 가장 쓸모없는 책이 성공비결을 나열한 책이에요. 그런 책은 넘쳐나요. 읽는 사람들도 멀미가 날 것 같아요. 제가 책을 쓴다면 '내가 겪은 인생의 실패'에 관한 것일 거예요. 내 인생의 대박 실수 모음집.(웃음) 선배의 실수를 통해 후배들이 교훈을 얻을 수 있다면 보람 있는 일일 테지요.

'역발상'이야말로 표재순의 성공비결 중 하나일 것이다. 어렵게 인터뷰를 준비하면서 연극 연출가, 오페라 연출가, 드라마 PD, 시사 프로 PD, 88서울올림픽 개회식과 폐막식을 총연출한 감독이 같은 인물이라는 걸 좀처럼 믿기 힘들었다. 장르를 넘나드는 기획과 연출을 할 수 있는 비결이 무엇인지 궁금했다. 어린 시절부터 지금까지, 표재순의 역사를 다 들어보아야만 답을 찾을 수 있을 것 같았다. 그를 만나야 했던 이유다.

지나온 인생을 가만히 생각해보면, 우리 삶의 모든 영역이 연출이에요. 어린 나이에 장사를 시작한 경험이 제 연출 인생에서 가장 소처럼 살아온 것 같아요.
소는 평생 밭 가는 존재 아닙니까.
씨 뿌리고 꽃피우고 열매 따는 일은
다른 이들의 몫이지 소의 몫은 아니지요.
묵묵히 밭 가는 게 소가 할 일이지요.
누가 알아주냐고요?
밭은 내 마음을 알 테지요.

모든 인생에는 의미가 있다

소중한 자산이라 할 수 있죠. 식품을 납품하느라 자전거, 오토바이 타고 다니면서 배달 다녔던 장사꾼 표재순이 배운 게 너무 많아요. 장사꾼이 고객에게 믿음을 얻고 만족시키려 애쓰는 마음으로 연출가가 관객을 만족시키려 애쓰면 좋은 작품을 만들 수 있지요. 뮤지컬, 오페라, 국가행사, 연극, 드라마 등 장르는 달라도 연출이라는 한 길을 걸을 수 있었던 건 다양한 경험이 한데 뭉쳐졌기 때문이에요. 열정과 열심이 연출가로 살아오게 만든 힘이었어요.

열정과 열심만으로 안 되는 일도 많지 않습니까. 타고난 재능 없이는 불가능하지 않을까요.

　　　　제가 평생 잘한 일이 있다면, 남 흉내 안 낸 거예요. 남 쫓아가지 않고 나 하고 싶은 일을 무조건 열심히 한 거, 그게 다예요. 본인이 하고 싶은 걸 하라고 말해주고 싶어요. 꾸준히 10년 동안 집중하면, 반드시 잘하게 되고, 그 분야의 최고가 될 수 있어요. 남 흉내만 내면 내가 잘하는 게 뭔지 모른 채로 살게 돼요. 열심히 해도 2등에 머무르는 비결이 남 흉내 내는 겁니다.

체구도 크고 목소리도 크고 말을 많이 하는 사람일 거라 생각했다. 그런데 참 말이 느리고, 말수는 더 적은 사람이어서, 원하는 대답을 듣기까지 많은 시간이 걸렸다. 조사해온 작품 얘기, 궁금한 것들을 오래도록 얘기해야 겨우 조금씩 답을 들을 수 있었다.

연출을 잘하는 데 가장 중요한 것 중 하나가 잘 듣는 겁니다. 저는 회의를 많이 하고, 그 장면을 반드시 촬영하거나 녹음합니다. 한 마디도 귀로 듣고 흘려버려선 안 돼요. 좋은 생각들을 잘 듣다 보면 아이디어가 계속 떠오르고 가장 좋은 기획을 할 수 있습니다. 녹음을 하면 말하는 사람 모두가 충분히 생각하고 좋은 생각만 말하기 때문에 짧은 시간에 주옥같은 아이디어를 수집할 수 있고요.

88서울올림픽 때 나는 초등학생이었지만 그때의 감동이 생생하다. 방송국에서 드라마를 제작해온 표재순 PD가 개막식과 폐막식 제작 단장 겸 총연출을 맡아서 성공적인 연출을 해냈다. 수만 명의 집단 퍼포먼스를 한국의 색채에 맞게 연출하는 일이 쉽지는 않았을 것이다.

감독님 인생에서도 소중한 기억일 것 같아요.

올림픽 행사는 우리 한민족이 만들어낸 작품이었어요. 저도 그중 한 사람이었을 뿐이고, 제가 교통정리하는 역할을 맡았던 거라 생각해요. 우리의 기를 한군데로 모아서 만든 한민족의 작품입니다. 기획단에 이어령 선생님, 변종화 화백 등 역량 있는 분들이 계셨지요. 저희가 아이디어를 내면 기획단이 다시 아이디어를 주시고, 서로 끊임없이 소통했어요. 기획단이 1차 대본을 만들어주시면, IOC 본부에서 헌법 조항에 맞춰 인증하고, 승인이 나면 제작에 들어갈 수 있었던 거죠. 저는 총연출로서 기획된 내용을 실제화하기 위해 교통정리하는 역할을 충실히 했을 뿐이에요.

전 세계에 생중계되는 국가행사를 맡은 부담감은 너무나 컸을 텐데요. 주어진 짧은 시간에 한국이란 작은 나라를 홍보하기 위해 어떤 전략을 세웠나요.

전통과 현대의 조화가 가장 중요하죠. 선조 때부터 가장 이상적인 삶의 형태이자 한국의 전통사상인 천지인天地人 하늘, 땅, 사람이 한데 어우러진 삼재사상三才思想을 기반으로 했어요. 부담감은 표현하기 힘들 정도였지요. 올림픽 개막식 전날 밤에는 개막식이 오전 9시 30분인데 낮 12시에 일어나서 털썩 주저앉는 악몽을 꾸기도 했어요.(웃음)

TV 드라마는 편집할 수 있지만, 국가행사나 연극무대는 생방송과 같잖아요. 아무리 완벽히 준비해도 변수도 많을 것이고요. 표재순 감독도 연출에 실패한 경험이 있는지요.

2002년 한-일 월드컵 전야제의 연출은 일생일대의 실패작이었어요. 자연현상의 변수까지 예측하고 1만 가지 돌발상황에도 대비해야 하는 게 일회성 대형행사입니다. 월드컵 전야제 때 갑자기 비가 왔어요. 한 15분 동안 브레이크가 생겼어요. 중계 도중에 오케스트라가 지시도 없이 다 철수해버렸죠. 조용필 씨하고 김덕수 씨가 그 시간을 겨우 채워줬어요. 주최측에서 예산문제로 우리가 요구한 대로 무대를 설치해주지 않았던 게 문제였어요. 일회성 대형행사는 만천하에 각인되는 것이죠. 올림픽, 월드컵 같은 행사는 전 세계가 지켜보니까 그 긴장감은 표현이 불가능해요. 한 번 실수하면 지울 수 없는 연극도 마찬가지죠. 천재지변의 영향을 입기도 하는 등 예상치 못한 변수들이 많습니다.

연출가가 고려해야 할 변수에는 어떤 게 있나요.

연막탄을 터트리는 퍼포먼스를 하려면 바람의 방향도 예측해야 하고, 세워놓은 세트가 무너질 가능성도 생각해야 하고요. 갑자기 테러 같은 상황이 발생할 수도 있으니 지상에 40대의 카메라가 설치돼 있더라도, 지하에 오디오 시스템과 카메라를 별도로 설치해야 합니다. 그래서 갑작스런 변수 때문에 실패한 경험을 기록하는 일이 후배들에게 더 도움이 될 거라는 생각을 하는 거지요. 한 권은 충분히 써질 거예요.(웃음)

"장돌뱅이가 부자를 이길 수 있는 건 시간밖에 없어요" ✤

1975년 〈집념〉에서 2013년 〈구암 허준〉까지, '허준' 이야기는 네 번이나 리메이크되었다. '허준'이라는 인물을 발굴해서 드라마를 연출한건 표재순의 발상이었다. 한의학 드라마의 길을 연 선구자인 셈이다. 〈허준〉, 〈대장금〉 같은 한류 드라마가 해외에서 큰 인기를 얻은 비결중 하나가 '생명'을 존중하는 한의학 에피소드를 러브스토리와 잘 섞어낸 것이다. 늘 손에서 책을 놓지 않는 그는, 〈조선왕조실록〉을 읽다가 두세 줄 나와 있는 '허준'이란 인물을 발견했다. 그 기록은 빈약했지만, 이미 상상력이 자극된 표재순은 허준을 주인공으로 역사 드라마를 만들겠다고 결심했다.

혼란스런 역사 속에 참된 스승의 상을 찾아서 작품으로 만들고 싶었어요. 이미 알려진 인물을 제외하고 새롭게 발굴해보고 싶었죠. 진짜 역사 공부는 대학을 졸업한 뒤부터 하기 시작했는데, 〈조선왕조실록〉을 읽다 보니 선조 대에 의주까지 몽진을 가실 적에 임금님을 모시고 호종했던 의사 얘기가 두어 줄 나오더라고요. 그 이상의 자료는 아무리 찾아도 없어요. 모범이 될 만한 인물로 허준을 발굴해낸 거죠. 우선 허준 영정을 만들어보려고 주역, 관상, 골상학 하시는 분들을 모셔다가 몽타주를 만들었어요. 그리고 인물을 창조해내기

시작한 거죠. 그런데 40회까지는 시청률이 낮아서 사장실에 불려갔

어요. 회사 말아먹겠으니 그만 멈추라고 하더군요.(웃음)

'허준' 이야기의 90%가 픽션이라는 얘기를 듣고 놀랐어요.

60회까지만 지켜봐달라고 애원하고, 아이디어를 냈죠. 드라

마 한 회마다 두 꼭지씩 〈동의보감〉에 나와 있는 생활 속 민간요법을

넣어보자! 태아감별법, 무좀, 치아건강법 같은 것들요. 시청률이 쭉쭉

올라가서 결국 200회까지 갔지요.

〈대장금〉도 54회까지 갔는데, 정말 엄청난 기록이네요. 역사적
사실의 뼈대에 상상력을 입히는 작업이 순수 창작보다 더 어려웠을
텐데요.

그 당시 허준의 〈동의보감〉이 일본 에도 막부의 의술 교과서

로 활용되었다는 걸 알게 됐어요. 독일어, 불어 번역도 있는데 한국어

번역은 없었어요. 〈동의보감〉을 처음으로 경희대학교 노정호 선생님

이 번역하셨을 때 그걸 보고 자신이 생겼어요. 스토리는 없었어요. 그

당시는 시신 훼손이 금지돼 있었어요. 그런데 생명을 다루는 의사가

인체에 왜 관심이 없었겠어요? 몰래 했을 것이라 가정하고, 해부에 관

한 에피소드를 만들었죠. 허준은 족보를 찾아봐도 흔적이 없어요. 정

실부인이 낳은 자식이 아닌 서얼이었기 때문이죠. 자료가 없기 때문

에 90%의 픽션을 만들 수 있었어요. '허준' 이야기는 '생명존중'을 주제로 정한 다음, 인물을 재창조해낸 겁니다.

이은성 작가가 소설《동의보감》을 쓸 수 있었던 것도 표재순 감독이 이야기를 발굴하고 함께 스토리를 만들었기 때문에 가능했다고 들었습니다.

저는 열심히 밭 가는 소의 역할을 하는 사람일 뿐이에요. 그분들이 꽃피우고 열매 맺게 한 거지요. 제가 〈집념〉을 연출할 때 조연출을 맡았던 이병훈 PD가 드라마 〈허준〉, 〈대장금〉으로 이어지는 한의학을 소재로 한 드라마를 잘 만들어냈죠. 돌아가신 이은성 씨하고 나하고만 아는 얘기도 많아요. 우리가 만든 허준 선생 영정을 국가영정위원회에 들고 찾아갔어요. '이게 허준 선생님 영정인데 인정해주십시오'라고 청했더니 도장을 찍어주었어요. 국가에서 정식으로 인정을 받은 거죠. 그걸 우정국에 가져가서 우표로도 만들었어요. '허준'이란 인물을 완전히 창조해낸 것이지요. 양천구에 구암박물관도 있잖습니까.

드라마 〈집념〉이 인기를 끌면서 허준에 대한 연구가 시작되었다고요.

드라마가 한창 인기 있을 때에도 허준에 대한 연구가 없었거든요. 산청 사람 유의태가 스승이라고 돼 있었는데, 나중에 보니 유의태 선생은 100년 뒤 사람이란 게 학자들에 의해서 밝혀졌어요. 허준의 무덤도 파주 쪽에 있다고 해요. 비문도 없고 생년월일도 없거든요. 지금 대중이 알고 있는 허준 이야기는 픽션이 정사正史처럼 돼버려서, 인물에 대한 역사가 만들어진 겁니다. 그분에 대한 자세한 기록이 어디서 나오면 좋겠어요. 사실을 토대로 진짜 허준 스토리를 다시 쓸 수 있으면 좋겠어요.

세상이 어렵고 힘들 때마다 리메이크돼 힘들고 지친 사람들에게 희망과 용기를 심어주는 인물이 허준이고, 지금은 5대 허준까지 나왔다. 드라마 〈허준〉은 해외에도 수출돼 한류열풍을 일으킨 역사 드라마의 시초가 되었다.

허준을 비롯한 역사 드라마가 문화와 시대를 초월해서 사람들의 마음을 움직이는 이유는 무엇일까요.

마지막은 허준이 돌림병 지대에 들어가면서 '따라올 사람은 따라오'라고 말하죠. 바로 살신성인을 보여준 인물이죠. 변치 않는 주제는 '생명존중'이에요. 과거길임에도 개의치 않고 환자를 돌봐주고, 스승이 자기 몸을 내줘서 제자가 해부해볼 수 있도록 하는 에피소드가 사람들에게 감동을 주죠. 드라마 〈허준〉이 한류를 이끄는 드라마로 부상할 수 있었던 것도 문화를 초월해서 다 통하고 공감할 수 있는 주제인 '생명존중'을 다루었기 때문이에요. 〈대장금〉이 성공한 이유도 그것이고요. 이제는 생명사상을 문화 콘텐츠에 어떤 방식으로 잘 입힐 것인가 고민해야 하는 시대입니다. 우리 전통 역사에서 '허준'이나 '대장금' 같은 인물을 발굴해 시대의 트렌드에 맞도록 이야기를 만들면 됩니다.

감독님의 천재적인 창의성은 타고난 것일까요.

천재는 무슨(웃음) 천직이라 생각하고 꾸준히 했을 뿐이죠. 대학 2학년 때 산에 가려고 친구를 모으다 보니 친한 친구가 안 보여요. 연극 연습하러 갔다길래 찾아갔더니, 연출자들이 '야, 너도 앉아서 대본 읽어' 그러는 거예요. 그 자리에서 덜컥 배역을 맡아서 연극에 입문하게 된 겁니다. 작은 키에 빈대코, 외모도 배우감이 못 되고 배우로는 재능이 없으니까 연출을 하게 된 거고, 산에 다니고 연극하느라 학점은 F가 잔뜩 있으니까 회사에 취직할 생각은 애초에 못 한 거고요. 연극만 해서는 밥을 못 먹고사니까 장사와 연극을 겸하다가 나이 서른에 뒤늦게 방송사에 들어갔어요. 과정을 보세요. 천재가 아니지요. 재능이 많고 돈이 많아서 꿈을 이루는 게 아닙니다. 지금 하고 있는 일이 불만족스럽고 시원찮아도 하고 싶은 일을 열심히 성실하게 하다 보면 길이 보이고, 그걸로 밥 먹고살 수 있어요.

지난 인생을 돌아볼 때 가장 소중한 경험은 무엇인가요.

소년 때 장돌뱅이 한 거, 대학 때 명동 한복판에서 자전거 타고 다니며 배달하고, 중앙시장에서 식품점 차려서 새벽부터 밤까지 장사한 경험요. 연극할 때 엑스트라를 하더라도 밤새 전기선 설치하는 것 하나까지 같이했어요. 원작을 꼼꼼히 읽고 번역하고, 대본 쓰는 것도 함께했죠. 그 과정을 통해 많은 걸 배웠어요. 인생 경험은 버릴 게 없이 다 거름이 돼요. 인생을 두 배로 열심히 살긴 했어요. 장사할 때에도 연극을 놓지 않았고, 방송국에서 일할 때도 연극·오페라·국제행사 연출을 쉬지 않고 했으니까요. 부지런히 시간을 잘 활용하면 많은 일을 할 수 있습니다. 누구에게나 시간은 똑같이 주어지지만, 알뜰하게 활용해서 자기계발에 쓰는 사람은 의외로 아주 적어요. 장돌뱅이도 부자를 이길 수 있는 건 시간밖에 없어요. 재벌도 거지에게 시간을 살 수는 없어요. 저는 잠을 4~5시간 이상 자본 적이 없어요. 깨어 있는 시간에는 늘 기획을 하고 실행에 옮깁니다.

재능이 없고, 운도 없다고 좌절하는 청년들이 많습니다.

재능 없는 사람은 없어요. 자신의 재능을 발굴 못할 뿐이지. 나는 사람을 가리지 않고 만나서 얘기를 듣습니다. 경청하되 귀가 얇아서는 안 됩니다. 누구나 하는 생각 말고, 누구도 하지 않는 생각을 해야 합니다. 경청하다 보면 좋은 아이디어가 떠오릅니다. 나는 불확

부지런히 시간을 잘 활용하면 많은 일을 할 수 있습니다.
누구에게나 시간은 똑같이 주어지지만,
알뜰하게 활용해서 자기계발에 쓰는 사람은 의외로 아주 적어요.
장돌뱅이도 부자를 이길 수 있는 건 시간밖에 없어요.
재벌도 거지에게 시간을 살 수는 없어요.

실한 시대에 살았기 때문에 좌충우돌 많이 부딪혔어요. 인생도 이벤트예요. 과정 자체가 즐거워야 합니다. 즐겁게 일하다 보면 운도 따르는 것 같습니다."

대학 강단에도 오래 서셨어요. 감독님의 '연출 철학'을 학생들은 가장 궁금해할 것인데요.

'관객을 즐겁게' 하는 게 처음이자 마지막입니다. 작품을 무대에 올리는 순간 연출자는 객이 돼요. 관객이 주인공이에요. 그들에게 재미와 감동을 주지 못하면 실패한 거죠. 그래서 연출은 완벽할 수도 없고, 완성도 없습니다. 관객을 더 즐겁게 하는 무대를 만들기 위해 매일 갱신해나가는 과정이 있을 뿐입니다.

새로운 발상, 그리고 호기심은 어떤 거름을 먹고 지금도 무럭무럭 자라나는 걸까요.

나는 호기심이 과한 사람이에요. 그런데 나이 들면서 호기심도 게을러질까 봐 걱정이 돼요. 궁금한 건 바로 가서 보고, 궁금한 사람은 반드시 만나며 살아왔는데, 이제는 바로 가지 않고 동작이 둔해지죠. 나는 과거 얘기하는 걸 안 좋아해서 인터뷰도 안 했어요. 사진 찍히는 걸 싫어하는 것도 과거의 기록을 남기고 싶지 않아서죠. 그래서 책 쓰는 일도 사양해왔어요. 나는 앞으로의 이야기를 하고 싶어요. 아직 나는 할 일이 더 많거든요.

'앞으로의 이야기' 중에 그가 가장 정성을 쏟는 작업이 있다. 우리 나라의 민족혼을 일깨우고 국민을 깨우쳐준 어른들의 생애를 연극 무 대에 올리는 '민족혼 부활 프로젝트'는 한창 진행 중에 있다. 우리의 사표師表가 되고 스승이 된 분들의 생을 널리 알리는 데 사명감과 의 무감이 생겨서 시작하게 되었다. 지금까지 윤동주 시인의 〈하늘과 바 람과 별과 시〉, 〈대한국인 안중근〉, 〈면암 최익현〉, 〈월남 이상재〉를 연 극으로 올렸다.

〈하늘과 바람과 별과 시〉를 본 적이 있다. 중국 용정에서 함께 태어 나고 자란 재야운동가 문익환 목사가 윤동주의 청년기부터 죽음까지 를 회상하는 내용을 액자식으로 구성한 연극이었다. 정지용이 윤동 주의 '또 다른 고향'을 낭독하면서 극이 시작되었다. 7장으로 구성된 극은 각 장이 끝날 때마다 윤동주의 시를 낭송하면서 다음 장으로 넘 어갔다. 윤동주의 시집 한 권을 천천히 넘기며 읽은 듯한 여운을 남기 는 극이었다. 극 중 윤동주는 구약성서에 나오는 예언자의 모습으로 그려졌다.

윤동주는 시 '무서운 시간'에서 자신을 부르는 이름 모를 이에게 말 한다. '거 나를 부르는 것이 누구요?' 자신의 죽음을 예감한 윤동주는 석 달 뒤에 쓴 '십자가'에서, 그 부름에 대하여 이미 '십자가'를 준비했음을, 아니 십자가가 허락되기를 기다리고 있음을 가장 경건한 목소리로 고백한다. "괴로웠던 사나이 / 행복한 예수 그리스도에게 / 처럼 / 십자가가 허락된다면 // 모가지를 드리우고 / 꽃처럼 피어나는 피를 / 어두워가는 하늘 밑에 / 조용히 흘리겠습니다."

괴로웠지만 행복하게 피 흘리며 십자가를 짊어졌던 청년 윤동주, 그의 생을 시처럼 잔잔하게 극으로 만든 작품은 처음이었다. 이 두 시에서 던진 질문과 대답의 과정이 윤동주를 설명하는 핵심이라고 생각해온 나에게, 표재순 감독의 〈하늘과 바람과 별과 시〉는 가장 강건하면서도 서정적인 인간 윤동주의 면모를 감동적으로 표현한 최고의 연극이었다. 역시, 표재순의 연출은 다르구나, 믿음이 굳어졌다. 그의 작품에는 인생철학과 예술철학이 '표'나지 않게 자연스럽게 녹아 있다.

의미 있는 공연을 연출하는 데 마지막 힘을 쏟고 싶어서 다시 순수연극을 시작했어요. 역사를 모르면 국민의 정체성이 없어집니다. 대부분의 사람들이 교과서에 나온 윤동주 시인의 시만 알 뿐 그분의 삶은 잘 모르지요. 안중근 의사가 이토 히로부미를 저격하고 척살한 이유도 15개 법정에서 나오는 증언이 있어요. 우리 연극을 본 후에야 사람들은 알게 되죠. 월남 이상재 선생은 YMCA 초창기 총무를 맡으셨고 독립운동을 했던 선각자인데, 우리는 그분의 업적을 잘 모르죠. 월남 선생이 돌아가셨을 때 장례식에 20만 명이 참석할 정도로 존경받던 분인데 말이지요. 월남 선생은 절망에 빠진 사람들에게 미래가 있다는 것을 보여주기 위해 힘쓰신 분이에요. 싸우는 동안 동료와 가족을 모두 잃었고, 싸움은 매번 실패로 끝났지만 죽는 순간까지 포기하지 않았습니다. 이 땅의 미래에 헌신한 분이죠.

전석 무료공연이어서 놀랐습니다. 무료공연을 고집하는 이유는 뭔가요.

그런 분을 동상으로만 세워놓을 게 아니라, 대중과 가까운 무대에 세우는 이유는 우리에게 나침반이 필요하기 때문이지요. 우리 공연은 국내외를 다니면서 전석 무료로 관객을 초대합니다. 자유롭게 만들기 위해 국가의 지원은 받지 않고, 기업 등 후원자를 구해서 더 많은 대중들이 볼 수 있도록 애쓰고 있습니다. 앞으로 윤봉길, 신채호, 이봉창 등 여섯 분 정도 더 하고 싶어요. 전혀 이름 없는 들풀처럼 살아간 분들, 작은 일에 충실했던 분들의 이야기도 무대에 올리고 싶습니다. 민족을 사랑한 사람들을 끊임없이 들춰내서 널리 알리고 싶어요.

의미 있는 일이지만, 보상보다 품이 더 드는 일이에요.

나더러 다들 미친놈이라고 해요.(웃음) 그 구닥다리 이야기를 왜 하느냐고 그래요. 유관순 열사 이야기는 꼭 만들어야 하는데, 돌아가실 때의 과정이 너무 처참해서 내 감정이 추슬러지지 않아요. 말을 못하겠어요. 아스팔트 만드는 뜨거운 재료를 머리에 부어서 머리를 다 뜯어내는 극형을 받았던 사람이에요. 그 양반을 해야 하는데 도무지 대본을 쓸 수가 없어요. 하지만 누군가는 사명감을 가지고 해야 할 일입니다.

이제 미래 이야기를 해보지요. 170편이 넘는 작품을 연출하셨는데, 꼭 해보고 싶은 공연이 있나요.

세 가지가 있어요. 첫째, 5000년 만에 전 국민의 기를 모았던 88 올림픽, 2002년 월드컵을 기억해봐요. 다시 기를 모을 일이 있어야 합니다. 그 기는 이 땅에 여전히 있어요. 불만 붙여주면 다시 일어납니다. 남은 건 통일인 것 같아요. DMZ의 지뢰를 완벽하게 제거한 다음에, 전 세계 아티스트를 모아서 세계 평화 콘서트를 열고 싶어요. 자연은 최대한 손대지 말고, 최소한의 무대와 길만 만들어서 콘서트를 열 수 있으면 통일도 앞당길 수 있지 않을까요. VIP 좌석은 100만 달러에 팔아서 전 세계 가난한 이들에게 나눠주는 이벤트 연출을 하고 싶어요.

통일을 준비하는 이벤트군요. 두 번째는요.

바그너 오페라의 성지인 독일의 바이로이트가 강원도 고성군과 결연을 맺었어요. 그런데 활용을 못해요. 고성에서 사람을 모아서 해마다 열리는 바이로이트 축제에 가고, 그들도 초대하는 이벤트를 해야죠. 아이디어도 많이 냈지만 예산 문제로 안 되더라고요. 지방도시를 살릴 수 있는 문화기획을 계속 시도해보고 싶어요. 예를 들면, 통기타 가진 사람이 얼마나 많습니까? 전 세계에서 10만 명쯤 통기타 가진 사람들을 모아요. 인터넷에 20곡 정도 악보를 올려서 연습한 다음, 입장료 대신 기타를 들고 오면 들여보내요. 거기 다 모여서 같은 곡을 연주하는 거예요. 클래식 기타 연주자 두 명 정도가 무대에 올라서 메인 연주를 하게 하고요. 그렇게 3박4일을 노는 거예요. 세고비아 같은 세계적 기타 회사들의 협찬을 받아서 할 수 있는 일이죠. SBS 프로덕션 사장을 할 때 여의도에서 50만 명 모아서 하려고 기획했지만, 1991년 그 당시엔 다들 비웃었어요. 결국 못했죠. 난지도 하늘공원에서 그 이벤트를 한 번 하고 싶어요.

50만 명이 연주하는 통기타 소리는 상상만 해도 황홀합니다. 마지막은요.

전기 안 쓰는 연극을 해보자. 횃불 켜놓고 마이크 안 쓰고 마당에서 신명나게 노는 공연을 해보자. 돈 없어서 공연을 못한다는 푸념만 할 게 아니죠. 옛날에는 가면극 할 때 횃불을 켜고 했지요. 불빛이 일렁일 때마다 배우의 표정이 달라져요. 지금도 그런 공연을 할 수 있죠. 〈MBC 마당놀이〉 만든 것도 내가 원조인데, 실내에서 하는 건 한계가 있죠. 진짜 마당에서 공연을 해보고 싶어요.

"아내의 눈빛이 나를 다른 사람으로 만들었어요"

장사꾼 표재순을 정신 차리게 만든, 예술가의 길을 가도록 자극 해준 아내의 얘기를 듣고 싶습니다.

아내 덕분에 장사를 접고 연출자의 삶을 살 수 있었지만 아내는 제 뒷바라지하느라 전공인 미술을 하지 못했죠. 제가 겁 없이 무엇이든 도전하고 끈기 있게 끝까지 해내고, 수도 없이 일을 벌일 수 있었던 것은 아내의 능력입니다. 무조건 믿어주고 '당신은 할 수 있다'는 믿음의 눈빛을 보내주는 아내가 옆에 있었기 때문에 오늘 제가 있는 거니까요. 누군가 적극적으로 믿어주고 지지해주면, 자신감 있는 사람이 됩니다. 제가 얼마나 자신감 없고 벌벌 떠는 사람이었는지 몰라요. 그런데 결혼 후 아내가 저를 바라보는 눈빛이 저를 다른 사람으로 만들어놓았어요. 말보다 말 없는 지지의 눈빛이 사람을 만드는 것 같아요. 자신감이 있어야 창의적인 생각을 많이 하고 남들이 다 안 된다고 할 때에도 도전할 수 있거든요. 그 대상이 배우자이긴 더 어려워요. 결혼은 현실이고 가장은 돈벌이를 잘해야 하니까요. 하지만 어려운 상황 속에서 배우자의 지지를 받으니 목숨 걸지 않고 일할 수 있겠어요? '정신 차리라, 당신 갈 길을 가라!'고 아내가 호통 치던 그날의 감격을 잊지 못해요.

온 가족이 예술가라고 들었습니다.

큰딸은 가야금, 둘째아들은 영화음악, 막내딸은 성악을 했어요. 애들은 나 때문에 늘 손해보고 힘들어하죠. 작은 일을 해도 아버지 덕을 보는 줄 아는 시선들 때문에요. 저는 좋은 남편, 좋은 아버지가 되지 못했어요. 막내사위는 목사예요. 의료사고 때문에 장애인이 되었죠. 딸은 남편을 도와서 열심히 목회를 하고 있어요. 신앙심이 깊어요. 자식이지만 아비보다도 깊은 마음을 지녔어요. 저를 위해서도 간절한 기도를 많이 해주죠. 제가 이렇게 활동할 수 있는 건 가족들의 기도 덕분이에요. 가족에겐 늘 미안하고 마음만 가득해요. 가족은 조용히 표 안 나는 삶을 살고 있어요.

역사에 어떤 인물로 기억되고 싶으신가요.

하고 싶은 일보다 하지 말아야 할 일을 잘 분별하며 살아야지요. 어떤 사람으로 기억되는 건 중요하지 않아요. 소처럼 밭을 일군 내 노력을 밭은 알아줄 것이라는 마음으로 일했는데, 오늘 긴 얘기를 하다 보니 밭이 내 마음을 몰라줘도 괜찮다는 생각이 들어요. 열심히 말보다 말 없는 지지의 눈빛이 사람을 만드는 것 같아요.
자신감이 있어야 창의적인 생각을 많이 하고
남들이 다 안 된다고 할 때에도
도전할 수 있거든요.

한 것으로 족합니다.

말이 적은 표재순 감독의 인생 이야기를 듣는 데는 시간이 오래 걸렸다. 그는 문화나눔네트워크 '시루'의 대표도 맡고 있다. 에쓰오일이 '시루'에 공연예술 후원금을 지원하고, '시루'는 동네사람들에게 시루떡을 나누듯, 지역주민과 직장인들을 위한 무료공연을 올리고 있다.

자꾸만 위그든 할아버지의 사탕가게에 앉아 있는 듯한 느낌이 들었던 건 색도 맛도 다양한 이야기 나라에 들어앉은 것 같았기 때문이었다. 아직 맛보지 못한 사탕들 앞에서 발길은 쉽게 떨어지지 않았다.

삶의 골짜기에서 만난 다양한 경험을 통해 실력을 쌓고, 그 결과물을 멋지게 연출해서 '표재순'이라는 대작을 만들어낸 연출가가 자신이라면, 조연출은 그의 아내일 것이다. 소처럼 묵묵히 밭을 가는 '표' 안 나는 삶을 살고 싶었다고 그는 말하지만, 그 밭에서 자란 170종 넘는 작물들이 '표재순'의 삶을 말하는 증거물들이다. 품종은 다양했고, 해마다 풍작이었다.

말하기보다 경청하기를 좋아하고, 새로운 아이디어가 떠오르면 바로 실천하는 추진력이, 여든을 넘긴 나이에도 왕성한 연출가로 활동할 수 있는 비결이다. 그는 오늘도 큰 시루에 팥고물을 듬뿍 뿌린 '문화 시루떡'을 찐다. 문화 체험에 허기진 사람들에게 금방 쪄낸 새로운 맛을 나누고 싶기 때문이다.

동화 속에서 걸어 나온 듯한 아저씨는 구름처럼 희고 고운 백발 위에 벙거지를 얹고, 다음 행선지로 발걸음을 옮기려 했다. "새 작품을 만들기 위해 또 밭을 갈아야 하니까요." 오늘도 밭 갈러 떠나는 그를 붙잡고 겨우 사진 몇 장을 더 찍었다. 쑥스러워서 사진기를 잘 바라보지 못하던 그가, 마음을 고쳐먹은 듯 카메라 렌즈를 바라보며 말했다.

평생 찍은 사진이 몇 장 없으니, 이번에 찍은 사진은 영정사진으로 써야겠어요.

렌즈에 자꾸 물이 고인다. 카메라가 고장 난 듯하다. 밭도 그 마음을 잘 알 거라고, 다만 잠도 좀 주무시고 건강 살피시라고 말하고 싶었는데, 목이 자꾸만 잠긴다. 호기심 많고 엉뚱해서 만날 벌서고 매 맞던 소년 하나가 나를 보며 웃고 있다.

시력을 잃고
세상의 빛이 된
대인배

김현영, 박상미의 대화

김현영_시력을 잃고 세상의 빛이 된 대인배

1961년생. 젊은 시절을 발레리나로 살았다. 43세에 100% 시력을 잃은 후, 장애인들의 심리치료를 위해 상담 공부에 매진했다. 고려대학교에서 교육학 박사과정을 수료했으며, 대전 장애인 자립생활대학 학장이 되었다. 장애인들이 '자기 치유'를 통해 진정한 자립을 할 수 있도록 돕는 게 인생의 목표다.

발레를 자주 접해보지 않은 사람들도 말레의 '지젤'이라는 이름에는 익숙하다. 사랑을 잘못 선택해서 죽음에 이른 지젤… 자정이 되면 남자에게 한을 품고 죽은 여자 '빌리'들의 여왕 미르타가 모습을 드러낸다. 이승에서 사랑을 성취하지 못한 빌리들은 무리 지어 다니며 젊은 남자를 유혹해 춤추게 만들고, 결국 그를 죽음에 이르게 한다. 미르타는 빌리들의 여왕답게 절도 있는 동작으로 춤을 춘다. 미르타는 지젤의 무덤에 마법을 걸어 그녀를 불러내는데….

무표정으로 절도 있는 춤을 추는 미르타 역을 맡아 열연했던 발레리나 김현영. 1982년 당시만 해도 대학 교수가 되어 평생 발레를 가르치며 사는 게 꿈이었다. 이화여자대학교 대학원을 졸업한 후, 대학강사 생활을 하며 발레를 계속했다. 평생 발레리나로 살 줄 알았다. 다른 삶은 상상할 필요도 없었다. 집안은 넉넉했고, 원하는 것은 부모님께서 다 해결해주셨다. 덕분에 무엇이든 다 하고 싶고, 다 할 수 있다는 자신감 넘치는 삶을 살았다. 누구에게나 삶은 다 그런 줄 알았다.

서른 즈음이었던 것 같다. 점점 앞이 보이지 않기 시작하더니, 2004년에 완전히 시력을 잃었다. 가족들에게 짐이 되기 싫었다. 그는 맨몸으로 집을 나왔다. 겨울이었다. 바람이 몰아치는 거리에 서서 결심했다.

누구의 도움도 없이 살아갈 수 없다면 죽어야 한다. 혼자, 살아내야만 한다.

24년 후.

그와 나는 어느 '영화치료' 수업에서 교수와 학생의 관계로 만났다. 나는 지금도 그가 거짓말을 하는 게 아닐까 자주 의심한다.

맨 앞자리에 앉아서 뚫어져라 내 얼굴을 바라보며 가장 크게 웃는 학생. 영화 수업을 들으러 오는 그가 시각장애인일 거라고 상상하지 못했던 건 내가 둔해서라기보다 그가 학생으로서 너무 완벽했기 때문이다. 그는 보이는 사람들이 놓치기 쉬운 것들을 포착하고, 숨은 의미를 읽어냈다.

"안 보인다는 거 거짓말이죠? 눈빛이 저보다 맑잖아요!" 내가 말하면, "세상의 안 좋은 꼴은 안 보고, 좋은 생각만 하며 사니까 눈빛이 자꾸 맑아져요. 얼굴도 예쁜데 눈빛까지 맑아서 죄송해요!" 하며 호탕하게 웃는다.

"자막이 없는 한국영화만 수업 텍스트로 할까요? 강의계획을 다시 짜야 할까요?"

그가 시각장애인이라는 걸 알게 되자, 열다섯 살이나 어린 교수는 혼자 우왕좌왕 갈피를 잡지 못했다.

"상관없어요. 현영 언니는 느낌으로 다 알아들어요!"

동기들이 말했고, 김현영 학생도 자신 있는 얼굴로 나를 안심시켰다. 단지 영화 파일을 수업 전에 미리 메일로 보내달라는 모범생다운 요구를 했을 뿐이다. 그가 영화를 보면서, 우리가 눈으로 읽어내지 못하는 것까지 소리와 느낌으로 더 깊이 읽어낸다는 걸 깨닫는 데는 오랜 시간이 걸리지 않았다. 나를 감동시킨 일화는 한두 개가 아니지만, 하나만 꼽으라면 단연 영화음악에 대한 그의 해석이다.

한국 영화음악은 멜로디가 많아요. 영화음악은 전체 스토리를 암시하는 데 정말 큰 역할을 하죠. 숲에서 부는 바람 소리 한 점도 녹음 상태에 따라 영화 전체의 분위기를 다르게 만들어요. 삽입된 영화음악을 다 들어보면 앞으로 전개될 내용을 유추할 수 있는 경우도 많아요. 머리 좋은 감독은 그 속에 힌트를 넣어두거든요. 그걸 눈치 챘을 때 영화의 재미는 배가되죠. 〈곡성〉은 참 놀라운 영화였어요. 황정민이 등장할 때 깔린 배경음악에서 일본 전통음악 같다는 느낌이 들었어요. 황정민이 일본인과 관계가 있겠구나, 생각했는데 맞더라고요.

지팡이를 짚고 영화관에 가면 사람들이 수군대는 소리가 들린다. 눈이 어두워질수록 귀는 더 밝아진 탓에 큭큭 웃는 소리도 듣고야 만다. 함께 본 사람들도 그에게는 영화가 재미있었냐고 묻지 않는다. 그걸 예의라고 생각하는 사람들이 많다. 아쉽지만, 섭섭하지는 않다. 시력을 잃은 뒤 심리학 공부를 시작하면서, 눈이 보지 못하는 것을 마음으로 읽을 수 있는 게 많아졌으니까.

40대 중반에 상담 공부를 시작했고, 쉰이 넘어서 고려대학교 교육대학원 상담심리학과에 입학했다. 대전 집에서 서울을 오가며 석사과정 공부를 하는 동안 최고 학점을 유지했고 한 번도 결석하지 않았다. 대전 '장애인 자립생활대학'의 학장이기도 한 그의 일과는 분 단위로 계획을 짜서 움직여야 할 만큼 바쁘다.

활동 도우미의 안내를 받아서 대전역에 도착하면, 지팡이를 짚고 친절한 사람들의 도움을 받아 열차에 오르고, 서울역에서 고려대 강의실까지 혼자 힘으로 도착한다. 나머지 시간은 대전 장애인 자립생활대학에서 강의하고, 전국을 누비며 장애인 자립생활과 의사소통에 대한 강의를 하러 다닌다. 일요일 하루는 주변의 만류로 겨우 쉰다.

"노력하지 않아도 언젠가 죽는구나! 그렇다면 살아야겠다"

발레를 처음 시작한 건 초등학교 4학년 때였다. 학예회 때 장기자랑 수준의 공연을 했는데 재능을 알아봐준 선생님의 권유로 발레리나가 되는 꿈을 꾸었고 전공도 하게 되었다. 이화여대 대학원에서 발레 교수법을 공부하면서 대학강사 생활이 시작됐다. 어릴 때부터 밤에 눈이 잘 안 보이긴 했지만, 밤엔 누구나 그러려니 생각했다. 오히려 밤에도 잘 보이는 사람이 신기했고, 대단한 재주를 가진 것처럼 보였다.

고등학교 문학 시간에 박인환의 시 '목마와 숙녀'를 배우면서 처음으로 이상한 기분이 들었어요. '목마는 주인을 버리고 거저 방울소리만 울리며 / 가을 속으로 떠났다 술병에서 별이 떨어진다 / 상심한 별은 내 가슴에 가벼웁게 부숴진다'라는 구절을 읽었는데, 그때 가만히 생각해보니, 별은 동화나 영화에서 본 영상만 머릿속에 있을 뿐, 실제로 별이 떨어지는 걸 본 적이 없는 거예요. 달은 보았지만 별은 본 적이 없어요. 친구들은 다 보았다고 하는데 말이에요. 그때도 그저 '참 신기하다'는 생각만 했어요.

시력이 남들보다 많이 나쁘고, 야맹증이 심할 뿐이라고 생각했다. 해가 지면 집에 들어와서 서둘러 공부를 하고 일찍 잠을 잤다. 가졌던 사람이 뭔가를 잃으면 불편하지만, 처음부터 가져보지 못한 사람은 불편을 모른다. 그래서 가족에게도 말해본 적이 없었다. 서른 즈음에야 자꾸만 내 발이 위험 속으로 들어가고 있다는 것을 깨달았다.

1997년 어느 밤, 지방대에서 강의를 마치고 서울로 돌아오기 위해 고속버스 터미널로 가는 중이었어요. 제 발 앞에 빗물이 고여 있더라고요. 대수롭지 않게 발을 내딛는 순간, 청소하는 아주머니가 비명을 지르며 제 팔을 잡아 끌었어요. 차를 수리하는 지하 벙커에 기름이 고여 있었고, 불빛이 반사돼 반짝인 것이었는데, 제가 거기 발을 내디디려고 한 거죠. 처음으로 죽을 고비를 넘긴 순간이었어요. 인사도 제대로 못했지만, 제 생명의 은인이었어요.

낮에도 점차 안 보이기 시작했다. 혼자 다닐 수 없는 위험이 자주 엄습했다. 시력이 급격히 떨어지기 시작했다. 그때서야 유명한 안과를 찾아다녔다. 각기 다른 병원 의사들이 같은 병명을 발음했다.

망막색소변성증.

너무나 낯선 단어였다. 백내장이 오면서 서서히 진행되다가 어느 날 전혀 보이지 않게 될 테니 대비하라는 말만 했다.

대비라… 그냥 사는 거지 뭘 대비할 수 있겠어요? 40대 초반부터는 급격히 나빠져서 혼자 다닐 수 없는 지경이 되었지만, 그때까지도 가족은 감쪽같이 모르게 행동했어요. 나 때문에 가까운 사람들이 함께 불편해지는 건 제 자존심이 허락하지 않았어요. 너무 씩씩하게 행동하니 가족도 눈치 채지 못했고요. 강의도 여전히 많이 다녔지요. 안 보일 때까지 강의를 놓지 않았어요. 강의는 내 삶의 전부였으니까요. 그것마저 놓으면 세상에 없는 사람이 될까 봐 두려웠어요.

붙잡아줄 사람이 필요하니까, 학교마다 한 사람을 정해놓고 그에게만 고백했다. 거울 앞에서 발레 동작을 할 때에는 학생들의 실루엣만 어렴풋이 보였다. 그런데 신기했다. 실루엣만 봐도 그들의 시선 방향과 표정까지 느낌으로 읽을 수 있었다.

느낌만으로 '학생, 왜 딴 데 보나요?' 그러니 학생들도 눈치 채지 못 하더라고요.(웃음)

강의를 더 이상 지속할 수 없는 지경에 이르러서야, 눈을 뜨고 싶다는 소망이 절박해졌다. 한 스님을 알게 됐는데, 자신이 운영하는 기수련 공동체에 들어와서 합숙치료를 받으면 40% 정도는 시력을 회복할 수 있다고 했다. 조용히 집을 나와서 그곳으로 들어갔다.

100% 좋아진다고 말했다면 사기라고 생각했겠죠. 그런데 40% 정도라고 하니, 믿고 싶고, 양심적인 것처럼 느껴지더라고요. 그

런데 시간이 갈수록 뭔가 이상했어요. 휴대폰도 못 쓰게 하고, 외출도 금지, 질문도 못하게 하고, 밥 먹을 때에도 그들이 먹으라는 반찬만 먹어야 했어요.

계속 의문이 들었지만 마지막으로 매달릴 곳은 그곳밖에 없었기에 온순하게 말을 들었다. 한 달쯤 지난 어느 날 밤, 일이 터졌다.

잠든 내 곁에 누군가 다가오는 걸 느끼고 나도 모르게 욕을 하고 난리를 쳤죠. 기수련 시키는 남자들이었어요. 옆방으로 달려가 보니, 거기서도 여자들이 성추행을 당하고 있는 것 같았어요. 빈 방으로 도망가서 방문을 걸어 잠그고 덜덜 떨며 연락할 곳을 생각해봤지만 한 군데도 없더라고요….

밤 10시에 가까운 시각이었다. 그때 문득 평소 다니던 약국 전화번호가 떠올랐다. '무슨 일 있으면 연락하라'던 친절한 약사였다. 약국은 아직 영업을 할 것 같아 전화를 걸었다.

'무슨 일 없으세요?' 그의 첫마디였어요. 나 좀 도와줘요, 정확히는 모르지만 대략 어디라고 떨면서 얘기했죠. 그가 바로 찾아와서 나를 구출해줬어요.

그때부터 친절한 약사와 든든한 친구가 되었다. 강의가 없는 날은 약국에 나가서 상담을 도와주면서 서로에게 도움을 줬다. 고통스런 기억이지만 그 일을 통해 영혼으로 소통하는 벗을 얻었으니, 살면서 겪는 모든 일은 의미가 있다고 받아들이게 되었다.

그 시기에 내가 가진 모든 걸 버렸어요. 합숙을 하면서 강의해서 모은 돈도 다 잃었죠. 시력을 잃은 2004년부터 아버지가 돌아가시던 2007년까지는 죽기 위해 노력하는 삶을 살았어요. 그러다 아버지의 죽음을 보면서 깨달았죠. 애써 노력하지 않아도 사람은 언젠가 다 죽는구나! 그렇다면 살아야겠다. 가족에게 돌아가지 않고 혼자 살아가기로 결심했어요. 어떻게 홀로서기를 할 것인가. 죽기 위한 노력을 살기 위한 노력으로 전환했죠. 누구에게도 의지하지 말고, 내가 나 스스로를 돕고, 그 힘으로 타인을 돕자! 나름대로 똑똑하다고 생각하며 살아온 저도 장애인을 대상으로 사기 치는 사람들에게 속는데, 나보다 더 힘든 장애인들도 있을 거라는 생각이 들었어요. 내가 바로 선 후에, 그들을 내가 돕겠다고 생각했어요. 노트에 나의 장점을 써봤죠. 체력이 좋다. 이만하면 머리도 좋다. 무엇이든 도전해보자!

하지만 시각장애 1급인 그를 받아주는 곳은 없었다. 1년 6개월 동안 집에서 상담 관련 인터넷 강의를 들으며 온종일 공부만 했다. 아무리 생각해도 가장 잘할 수 있는 건 강의밖에 없었다.

대전 복지관에서 장애인 상담을 시작했어요. 그런데 기존의 시스템을 보니 장애인을 위한 것이 아니더라고요. 장애인을 위한 프로그램이라지만, 수동적 참여만 하도록 만드는 시스템이었어요. 장애인이 능동적으로 자립할 수 있도록 돕는 프로그램을 기획하고 싶었어요. 하지만 너무 완고한 벽에 부딪혔죠.

많은 제안을 했지만 '복지사들이 다 도와줄 테니 가만히 있으라'는 대답만 돌아왔다. 복지관에 장애인보다 복지사가 많은 것도 의아했다. 도움에 길들여진 장애인들의 자립 의지는 약해지고, 더 편하게 도와줄 수 없냐고 끊임없이 요구만 할 뿐이었다. 그래서 복지관은 늘 시끄러웠다. 답답했다.

그 무렵 '장애인 자립생활 연합회'를 발견했어요. 장애인이 주체가 되어 능동적, 자발적으로 시스템을 만들고 활동해야 한다는

나름대로 똑똑하다고 생각하며 살아온 저도
장애인을 대상으로 사기 치는 사람들에게 속는데,
나보다 더 힘든 장애인들도 있을 거라는 생각이 들었어요.
내가 바로 선 후에, 그들을 내가 돕겠다고 생각했어요.
노트에 나의 장점을 써봤죠.
체력이 좋다. 이만하면 머리도 좋다.
무엇이든 도전해보자!

모든 인생에는 의미가 있다

생각이 저와 일치했어요. 복지관과 장애인 시설은 주체가 공급자인 시, 정부, 독지가니까 장애인은 수동적일 수밖에 없죠. 자립생활 센터는 장애인이 주체가 되고, 비장애인은 우리의 조력자가 돼주는 시스템을 추구해요. 대전시에 활동보조인 교육을 내가 해보겠다고 제안했어요.

발상의 전환이었다. 장애가 덜한 사람들은 비장애인들의 도움만 받는 시스템에서 벗어나 활동보조인 교육을 받고 중증 장애인을 돕는 것이었다. 물론 이 과정에서 자립하는 법을 배우는 교육은 반드시 필요했다.

장애인 자립생활 연합회에서 '동료상담'이라는 프로그램에 참여했는데, 상담 전문가도 없이 장애인들끼리 하소연하는 시간이었어요. 장님이 장님을 인도하는 거나 다름없는 상담을 하고 있는 거지요. 그때 한계를 절실히 깨닫고 내가 상담 전문가가 돼야겠다고 결심했어요. 장애인들은 늘 비장애인들의 말에 상처를 받죠. 장애인들을 위로한다는 생각으로 '장애를 잘 극복하세요, 힘내세요!'라는 말을 많이 하잖아요? 뭘 극복하라는 거죠? 장애를 어떻게 극복하죠? 잘 적응하고 괜찮게 살아가고 있는데, 불쌍하게 보는 시선이 우리에게 상처를 주지요. 그리고 눈이 안 보인다고 하면, 초등교육도 못 받은 사

람 취급을 해요. 그럴 땐 웃으면서 '제가 한글은 읽을 줄 알아요'라고
말해요.

상담치료가 필요한 사람이 너무나 많았다. 후천적 장애인들은 좀
처럼 밖으로 나오지 않고, 장애인들과 어울리기를 꺼린다. 그러다 보
니 장애인들 사이에서도 고학력 후천적 장애인들은 종종 왕따가 되었
고, 복지관의 관장들도 이들보다는 말 잘 듣는 장애인을 더 좋아하는
것이 사실이었다. 자립을 도와달라고 새로운 제안을 많이 하는 장애인
은 불편하고 귀찮은 존재가 되기 일쑤였다.

상담 공부를 시작하면서, 처음으로 지팡이를 짚고 세상 밖으
로 나왔어요. 지팡이를 펴는 순간, 다양한 세상의 시선을 느끼게 돼
요. 쯧쯧 혀를 차는 사람, 말없이 손을 잡아주는 사람, 예수 믿으라
고 권하는 사람.(웃음) 나는 장애도 뭐든 할 수 있다는 것을 보여주
고 싶었어요. 자립 의지가 없는 장애인들을 보면 너무 속상해요. 복지
관, 자립센터 등에서 강의할 때도 늘 강조하죠. 우리가 장애인임을 인
식하자. '부정-분노-체념'의 단계를 거쳐 세상과 타협의 단계로 넘어가
자. 그러면 자립할 수 있는 용기가 생긴다. 분노를 극복하자. 장애는 극
복할 수 있는 게 아니다. 내 장애가 무엇인지 냉정하게 직시하자! 이
교육을 전문적으로 할 수 있는 대학을 만들어야겠다는 생각을 하게

된 이유예요.

기존의 센터보다 전문적이고, 인문학 교육도 받을 수 있는 대학이
필요했다. 서울에는 장애인 자립생활대학이 있었다. 찾아가서 직접 강
의를 하면서 시스템을 배웠다. 서울까지 올 수 없는 장애인 친구들을
위해 대전에도 대학을 열기로 결심했다.

장애인들도 깨어야 하고, 공부해야 합니다. 지역의 장애인들
은 정말 사각지대에 있어요. 대전시에 계획안을 냈지만 안 도와줬어
요. 내가 교수 모으고 커리큘럼 다 짜겠으니 장소만 제공해달라고 장
애인 자립생활 센터에 읍소해서 학생 모집, 면접, 모든 걸 다 했어요.

2015년, '대전 장애인 자립생활대학'는 이렇게 문을 열었다. 주 2
회 하루 6시간, 장애인 자립생활 실무론, 인문학, 의사소통 강의가 개
설됐다. 1년 과정을 마친 학생은 졸업장도 받는다.

저는 남은 삶을 장애인 자립생활 대학교를 전국에 확산시키
는 일에 바칠 겁니다. 등록금 50만 원이 없어서 못 나오는 학생들도
있어요. 많은 장애인들이 집에서 나와 공부할 수 있도록, 국가 지원
을 조금이라도 받을 수 있으면 좋겠어요. 생리현상 조절도 안 되는 중

중 장애인도 있어요. 하지만 그런 분들도 배우고 싶어서 나오시거든요. 우리끼리 서로 도와주면서 공부해요. 저는 그분들의 다리가 돼 휠체어를 밀어주고, 그들은 제 눈이 돼 방향을 알려주고요. 저는 앞으로 박사과정까지 도전해서 공부할 겁니다. 모범이 돼야지요.

2016년 8월, 고려대학교 학위수여식장. 우수논문상 수상자로 그의 이름이 호명됐다. '김현영.' 본인은 울지 않았지만, 우리가 대신 울었다. 논문 〈자기통제와 자립생활의 상관관계 : 시각장애인과 비장애인의 비교〉는 시각장애인 100명 이상을 직접 만나 설문조사를 해서 완성한 귀한 논문이었다. 저 언니가 논문은 쓰기 힘들지 않을까… 동기들이 걱정했지만, 걱정하는 동기들보다 먼저 논문을 완성했다. 웬만한 박사 논문 수준이었다.

나는 모든 인간이 달란트를 가지고 있다고 믿어요. 장애인들이 그걸 알게 해줘야 해요. 시각장애인들은 맹학교에서 안마 배워서 보건복지부에서 주는 자격증을 따니까 사회로 나가는 통로를 개척할 수 있어요. 휠체어를 타는 장애인들은 사회에서 일자리를 찾기가 어렵죠. 그런데 제가 상담을 해보니, 장애인 상담은 장애인이 할 때 더 효과가 크더라고요. 중증 장애인이지만 소통에 문제가 없는 이들에게 장애인 자립생활대학에서 상담 교육을 시키고 '동료 상담사' 국가 자격증을 취득할 수 있게 할 겁니다. 힘들 때는 같은 처지에 있는 사람들이 더 위안이 되잖아요? 미국에서 알코올 중독자들을 모아놓고 집단 상담을 지속적으로 해보니, 같은 처지에 있는 사람들끼리 서로 상담해주는 게 치료 효과가 크더라는 거예요. 하지만 일시적 위안일 뿐, 궁극적 문제해결은 어렵죠. 전문적인 상담을 배우면 자기 치유의 효과도 클 것이라 믿습니다. 그래야 진정한 자립을 할 수 있으니까요.

고난을 이겨내는 사람들을 살펴보면, 무조건 믿어주고 응원해주는 '한 사람'이 있게 마련이다. 그 힘으로 반드시, 반듯하게 꿈을 향해 걸어갈 수 있다. 김현영 씨 곁에도 늘 함께 해주는 든든한 벗이 있지만, 어떤 경우에도 먼저 기대거나 도움 받을 생각을 하지 않는다. 자립할 수 없다면 죽는 수밖에 없다고 생각했고, 타고난 강한 의지력으로 오늘까지 왔다. 이만하면 잘 살아왔다고 스스로를 칭찬하는 여유도 갖게 되었다.

저는 매일 스스로에게 물어요. '너 지금 필요한 게 뭐니? 하고 싶은 게 뭐야? 내가 어떻게 도와줄까?' 알고 보면 참 작은 거죠. 묻다 보면 답을 제가 다 알고 있더라고요. 답을 알아도 누군가로부터 위로받고 인정받고 싶을 때가 있죠. 나를 안아줄 사람이, 기댈 사람이 없을 때가 많죠. 그럴 땐 내가 먼저 가서 손을 잡으면 됩니다. 하지만 장애인들에게는 그런 사람이 없는 경우가 대부분이에요. 가족도 우리를 부담스러워하는 경우가 많으니까요. 제가 장애인들에게 그 '한 사람'이 되어줄 겁니다. 우리가 서로를 위로하고 응원하는 빛과 같은 존재가 되어주는 것이, 제가 꿈꾸는 교육의 목표랍니다.

나를 안아줄 사람이, 기댈 사람이 없을 때 나는 그에게 전화를 건다. 내 전화번호부에 그의 이름은 이렇게 저장돼 있다. '세상에서 가장 아름다운 발레리나.' 그는 오늘도 자신이 만든 무대에서 마음껏 춤을 추는 주인공이다. 더 많은 장애인들이 세상 밖으로 나와서 함께 춤출 수 있도록, 손을 잡아주고 응원해주는 사람이다.

자주 통화하지만, 늘 대화에 목마른 우리. 오늘은 박사과정 입학 시기를 두고 한참을 대화했다. '입학하면 잘할 수 있을까?'가 아니라, '언제 입학하는 것이 일과 공부를 병행하는 데 가장 효율적일까?'를 고민하는 게 김현영식 생각법이다. 환갑 무렵에 박사논문을 쓰는 것 정도는 고민할 거리도 못 된다.

전화를 끊을 때 그의 마지막 인사는 늘 똑같다.

Heaven helps those who help themselves!

(하늘은 스스로 돕는 자를 돕는다!)

나는 그가 꿈꾸는 모든 것을 반드시 이루리라 믿는다. 이미 하늘
은, 그가 하는 모든 일을 돕기 시작했으니까.

묻다 보면 답을 제가 다 알고 있더라고요.
답을 알아도 누군가로부터 위로받고 인정받고 싶을 때가 있죠.
나를 안아줄 사람이, 기댈 사람이 없을 때가 많죠.
그럴 땐 내가 먼저 가서 손을 잡으면 됩니다.

모든 인생에는 의미가 있다

2016년 12월 17일   초판 1쇄 발행
2022년   4월 29일 개정판 1쇄 발행

지은이 박상미

펴낸이 김은경
책임편집 이은규
편집 권정희, 강현호
마케팅 박선영
디자인 김경미
경영지원 이연정

펴낸곳 ㈜북스톤
주소 서울특별시 성동구 연무장7길 11, 8층
대표전화 02-6463-7000
팩스 02-6499-1706
이메일 info@book-stone.co.kr
출판등록 2015년 1월 2일 제2018-000078호

ISBN 979-11-91211-65-8 (03810)

북스톤은 세상에 오래 남는 책을 만들고자 합니다. 이에 동참을 원하는 독자 여러분의 아이디어와 원
고를 기다리고 있습니다. 책으로 엮기를 원하는 기획이나 원고가 있으신 분은 연락처와 함께 이메일
info@book-stone.co.kr로 보내주세요. 돌에 새기듯, 오래 남는 지혜를 전하는 데 힘쓰겠습니다.